『嵐の獅子たち』

巨大な、おぞましい虫《クロウラー》のような怪物——ぶきみな、灰色がかった胴体の上にオレンジ色と茶色の気持のわるい斑点が散っている。(286ページ参照)

ハヤカワ文庫JA

〈JA689〉

グイン・サーガ⑧③

嵐の獅子たち

栗本　薫

早川書房

4917

WARRIORS IN THE WHIRLWIND

by

Kaoru Kurimoto

2002

カバー／口絵／挿絵

末弥　純

目次

巨大なる嵐、いまだかつてなきほどに巨大なる神のあらしが訪れた。

大地は神嵐の前にひれふし、生きとし生ける者すべては運命そのものであるこの嵐のまえにおもてを伏せた。嵐はいつはてるともなく吹き荒れ、その勢いはしだいに激しくなりゆくのみであった。

そのとき、《彼》があらわれた。

ミロク教の聖なる本「創世記第3章」より

〔中原周辺図〕

ナタール川
ヴァーラス湖沼地帯
ノスフェラス
ナタール大森林
ギーラ湖
ナタリ湖
ケス河
サイロン
ユラニア
トーラス
ノルン海
ケイロニア
アルセイス
ゴーラ
ロス
モンゴール
クム
リーラ川
カムイ湖
タリア
ワルド山脈
中原
ルーアン
イーラ湖
クリスタル
オロイ湖
アルムト
パロ
アルーンの森
カラヴィア
サルジナ
ダル湖
ダネイン大湿原
ドラス連山
ハイランド高地
ウル山脈
カムリ岬
ルート
ラトナレン山脈
ウィレン山脈
アグラーヤ
サーリスベリ
ランガート
アルート高原
カウロス
獅子原
ライゴール
レンティア
草原地方
トルース
トラキア自治領
リャガ
ヤガ
イフリキア
マハール
トルフィヤ
ヴァラキア
アルゴス
沿海州
アルカンド
アルゴ河
レント海

〔パロ周辺図〕

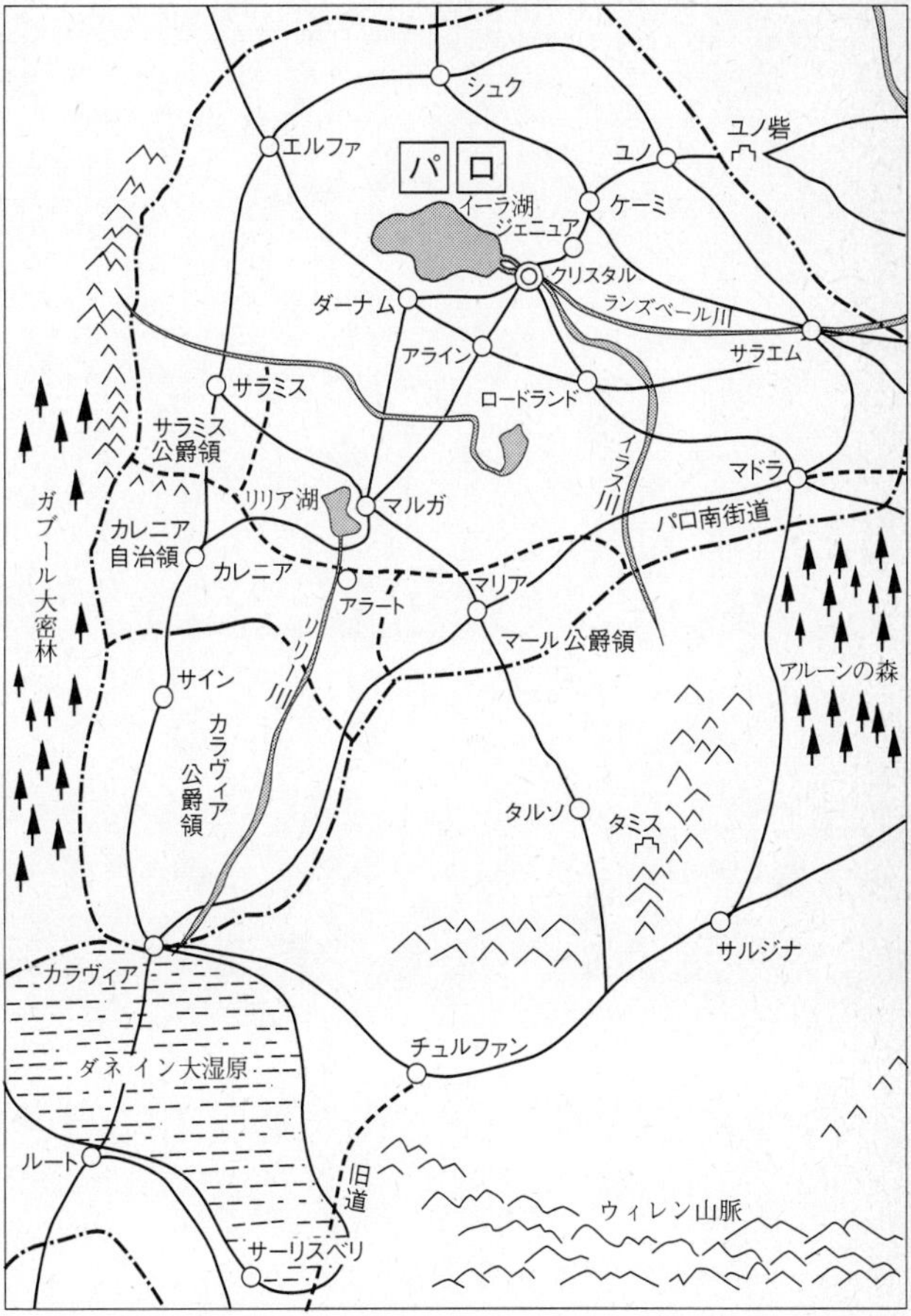
パロ
シュク
エルファ
ユノ
ユノ砦
ケーミ
イーラ湖
ジェニュア
クリスタル
ダーナム
ランズベール川
サラエム
アライン
ロードランド
サラミス
サラミス公爵領
イラス川
マドラ
リリア湖
マルガ
パロ南街道
カレニア自治領
カレニア
アラート
マリア
マール公爵領
ガブール大密林
リリア川
アルーンの森
サイン
カラヴィア公爵領
タルソ
タミス
サルジナ
カラヴィア
チュルファン
ダネイン大湿原
ルート
旧道
ウィレン山脈
サーリスベリ

嵐の獅子たち

登場人物

グイン……………………………………ケイロニア王
リンダ……………………………………クリスタル大公妃
ゼノン……………………………………ケイロニアの千犬将軍
ガウス……………………………………《竜の歯部隊》隊長。准将
カリス……………………………………《竜の歯部隊》中隊長
イシュトヴァーン………………………ゴーラ王
マルコ……………………………………ゴーラの親衛隊隊長
ウー・リー………………………………ゴーラの親衛隊隊員
シン・シン………………………………ゴーラ軍の武将
マイ・ルン………………………………ゴーラ軍の武将
ヤン・イン………………………………ゴーラ軍の武将
スカール…………………………………アルゴスの黒太子
ヴァレリウス……………………………上級魔道師
ユリウス…………………………………淫魔
レムス……………………………………パロ国王
ヤンダル・ゾッグ………………………キタイの竜王

第一話　潮流

1

「誰だ！」

するどい誰何の声が、赤い街道の朝まだきをつんざいた。同時にガッと穂先に小さい斧のついた槍が左右からあわされて行く手をふさぐ。

「何者だ！」

「俺だ」

いらえは短く、そして実にそっけなかった。はっと、歩哨は息をのんだ。この声を聞き間違うものはケイロニア騎士団にはいない。

「ま、まさか……」

「俺だ。グイン」

グインは、ふかぶかとかぶっていた黒いマントのフードをうしろにはねのけた。もしも万一にもこの野営の軍勢が、おのれの軍隊でなかった場合を懸念して、彼はおのれのまとっていたマントの襟のなかに通常はたたみこまれているフードをあげてそのあまりにも特徴的な豹頭、ひと目でもう他のどのような人間とも見間違いようのない豹頭を隠していたのだった。

「こ、こ、こ、これは国王陛下！　なんという！」

歩哨はひっくりかえりそうになった。

「お、お、おひとりでこんな時間にいったい――いや、おひとり……いや、その……」

「落ち着け、歩哨」

グインは低く笑い出した。彼は腕に、ありあう布にくるまれたセムの少女をかかえており、そしてそのかたわらにぴったりとよりそうようにして立っていたのは、ほっそりとした、輝くようなプラチナブロンドの髪と、暁のスミレ色の瞳をした美しい若い女性であった。

「隊長を呼んでこい。確かめるまでもないが、これはシュク郊外に駐留させた俺の軍勢、ケイロニアの精鋭に間違いないな」

「は、はッ！」

歩哨はようやく我にかえって、敬礼の姿勢をとる。なにかが起こった気配にあわてて駆け寄ってきた仲間の騎士たちがはっと立ちすくみ、硬直した。

「こ、こ、国王陛下！　まさか！」

「なぜ、まさかだ。俺がおのれの軍に戻ってきたらおかしいか」

グインはいつになくおかしそうに笑った。

「おい、伝令班は近くにいるか。ちょっと、行ってほしいところがある。連れていったガウスたちを事情あって俺は北アルムに置き去りにしてこなければならなかった。それをただちに呼び戻さねばならぬ。使いを走らせてくれ。ガウスに使いだ。——お前らの班名は」

「第三中隊第二班であります」

歩哨は顔を紅潮させながら答えた。まったく、下っぱのかれらには、かれらの指揮官である国王がどこで何をしてきてどのような経過をたどって突然シュクの郊外で待っていろと命じられたかれらのもとに、単身、奇妙なおまけをつけてあらわれたのか、見当もつかなかったのだが、しかし、グインの豹頭王たる最大のありがたみは、どう見間違いようも、ごまかしようもないところであるには違いなかった。

「なんだと、陛下のお帰りだと！」

ころがるようにしてこちらにかけてくる数人の騎士たちは、中隊長のふさかざりをつけたかぶとをかかえたり、かぶったりし、隊長の長いマントをつけている。先頭にたってあわてて駆け寄ってくるのは、グインが《竜の歯部隊》の指揮官であるガウスをともなってひそかに北アルムへの、さらなる隠密行動に出るあいだ、残りの部隊の指揮をゆだねてあった、中隊長のカリスであった。グインはかれらにむかって鷹揚にうなづきかけた。

「すぐに、落ち着ける天幕を用意して差し上げろ。——マルガのカレニア政府、神聖パロ王国のアルド・ナリス王の王妃、リンダ・アルディア・ジェイナどのをお連れした。かなりお疲れになっているだろう。ともかくもお休み頂かなくてはいかん。情勢はどうだ」

「へ、陛下……」

カリスたちは顔を見合わせたが、しかしそのおもてには、国王の無事の帰還を見届けてがっくりと全身の力のぬけるほどの安堵が見受けられた。

「は、私どもは何もかわることなく、こちらでご命令のとおり、陛下と精鋭部隊のお帰りを待っておりました！　ただ、伝令が」

「どんなだ」

「ゼノン将軍ひきいる金犬騎士団の遠征部隊全員が、ワルド城を進発し、こちらと合流すべく自由国境を南下しておられます。ゼノン将軍からの御伝言がけさがた、ただいま陛下が戻ってみえるつい半ザンばかり前に到着したばかりで、どのようにしてこれを国王陛下にお届けしたらよいか、会議していたところでありました。——ゼノン将軍から、ごじきにて」

「なんという伝言だ」

「陛下よりのご連絡はおきまりの定時連絡のみにて、いっこうに様子も知れず、申し訳なき仕儀ながら、ゼノン、これ以上ここで手をこまねいてお待ち申し上げるはもはや辛抱いたしかねる。たとえご勘気をこうむり、ただちに引き返すとも、ひと目なりとも陛下にお目にかかり、ご無事を確かめるまでは、いてもたってもおられぬ——と」

「馬鹿者」

グインは笑い出した。

「笑ってやれるような展開だったからよいが、もしもそうでなければ、大目玉をくらっているところだぞ、ゼノンめ。……まあいい、それはこちらからどうせ呼び寄せなくてはなるまいと思っていたところだ。——誰かこの子をうけとって、用意した寝床に寝かせてやってくれ。これは魔道の眠りについている、リンダ王妃陛下のおそばづきのセム族のむすめだ。……魔道の眠りゆえ、魔道師でなくてはとくことがかなうまいし、半端に起こすと危険らしいのでこのまま連れてきた。王妃陛下の大切な友達だ。大事にお守りしてやってくれ」

「は……はい。これが……セム族でございますか。ははーん……」

ケイロニア人には、ノスフェラスのセム族など、目のあたりにする機会はほとんどない。さしもの選び抜かれた精鋭たる《竜の歯部隊》の騎士たちも珍しそうに目をまるくした。グインはリンダをふりかえった。

「さあ、とにかく、かなりあなたも疲れておられるはずだ、王妃陛下。それにあなた自身も魔道の眠りからさめてから間がない。もういちどやすんで、できれば体調をととのえたほうがいいだろう。マルガにつけばいろいろと魔道師がいて、診てもらえるのだろう」

「それは……そうですけれど……」

リンダはずっと口数すくなく、ケイロニアの軍勢のきびきびしたようすや、グインを取り囲み、歓喜にみちたそのようすを見守っていたが、これまでのように親しく口をきくことは、かれらの前ではできないのだと知って少し寂しそうでもあった。グインはケイロニア国王であり、彼女は、どちらにせよ、神聖パロ王国の王妃であったのだ。

「では、少し休ませていただいて——いえ、スニと一緒で結構ですわ、というか、スニと一緒にしていただければ嬉しいわ。私もなんだか……いろいろと頭を整理しないと、何がなんだかわからなくなってしまいそうで……でも、それで、あのう……」

「ゼノンの到着はどちらにせよ俺からもいってやろうと思っていたことであったので、きゃつには云わぬが手間がはぶけたというものだ」

グインは笑った。

「ゼノンの軍を加え、そして《竜の歯部隊》の精鋭をひきいて俺とともに北アルムへきて、そこで取り残されているガウスとその兵を収容したら、俺がこの軍をひきいて、王妃陛下をマルガまでお送り申し上げる。当然レムス軍の妨害、王妃陛下の奪還のもくろみもただちに行われるものと俺は思うし、決して困難でない行軍ではないと思う。いま、ゆっくりやすんでおかれることだ」

「そのまえに、ひとつだけ、グイン。私、アドリアンを助けるために、カラヴィア公アドロンに使いを出したいのです。親書を、もっていっていただくことはできるかしら」

「おお、それはむろんだ。あの少年子爵のおかげで我々は無事にクリスタル・パレスを脱出できたのだからな」

グインはうなづいた。

「もし万一にもガウスたちが人質にとられるようなことがあれば、それをも取り返すべく、マルガに下る前に我々もレムス軍と戦端を開くだろう。俺は、レムスがそう出るだろうとは思っておらぬがな。が、いずれにもせよ、とりあえずわれらとしてはゼノン軍の到着を待たねばならぬ。そのあとも、いよいよマルガにおもむくとなれば、その前にワルスタット侯騎士団、サルデス侯騎士団に後方援護をかねた出兵を要請し、ケイロニアへの引き上げルートを確保しておく必要もあろう。この場所で、多少の軍事行動が必要だし、そのあいだに、カラヴィア公に使いを出す時間はたっぷりある。むろんわれらの伝令班を使っていただいてかまわぬ」

「有難う、グイン。では」

リンダの大きな瞳が、物言いたげにグインを見つめた。

「私は……私はこう思ってもいいのね。あなたは――ケイロニア王グインは、私と私の夫アルド・ナリスの――カレニア政権を支持してくださる、それはむろんあなたひとりではなく、ケイロニア全体が私たちを認め、私たちのパロを正当なものと認めてくださったことだと。――そして、私は……あなたを最大の味方と呼んで……そのことをナリスに伝えてもかまわないのね」

「それについては、のちほどどちょっと話し合わなくてはならぬだろう」

慎重に、グインは答えた。

「あなたをマルガに送り届けるべくレムス軍と戦うつもりがある以上、当然、俺としてはマルガの神聖パロ王国に対して好意的に行動していることになる。だが、一国の国王、あるいは支配者の代理としては、それをいまこの場で軽々しく俺の言葉として公言することはできぬ。いま少し時間をもらいたい。だが、マルガの神聖パロ政府にケイロニア軍が全面的に味方するかどうかとはまったく別に、ともかくあなたの身柄をマルガに安全に送り届けることは俺の神聖なる任務であると俺は考えている」

「――それでも、いまのところは充分すぎる好意といわなくてはならないわ、グイン」

リンダはちょっと肩をすぼめた。

「私はむしろあなたのそういう、論理的で、決して安易に妥協してはくれないところがとても信頼できるという気がするもの。でも……でも、あのう、私をマルガに送り届けることがあなたの神聖なる任務だ、というのは、それは……それは何故なの？　きいてもよいものならば……」

「それは」

グインはかすかに笑った。そのトパーズ色の目がかすかにだが、悪戯っぽくきらめいた。

「俺は、あの折、ノスフェラスで、あなたに、あなたを無事アルゴスに到着するよう守り届ける傭兵として雇われた。——あのときの任務がまだ完了していない、という気がするからだ。俺の任務はアルゴス、という特定の場所ではなく、あなたをとにかく安全な場所に送り届けることだった。俺の気持としてはな。それゆえ、これはその任務の続きと考えてもらえばよい。なに、傭兵としての料金は追加請求すればすむだろう」

「まあ」

このやりとりをきいて目を丸くしている、グインの兵士たちの前で、リンダはとうとう笑い出した。

「なんという豪華な傭兵なんでしょう！　とても光栄ですわ、ケイロニア王グイン陛下！　こんな豪華な傭兵を雇っている女なんて、中原にほかにひとりもいないに違いないわ」

というようなわけで――

ケイロニアの豹頭王グインは再び、おのれのもっとも信頼する《竜の歯部隊》の精鋭たちに迎えられ、力強い味方の騎士たちに囲まれて、いまだレムス・パロの領内、それもかなりクリスタルにも近いシュク郊外にいるとはいいながら、とりあえず第一戦装はとくことができたのだった。ほどもなく、ガウスから、五十名の親衛隊を率いて、シュク郊外の仲間と合流すべくただちに北アルムを進発した、という報告が届けられた。隊長たちは、レムス王がそれほど簡単に、ガウスらを見逃して出発させたことをいぶかしみ、あるいは罠ではないかとかんぐる向きもないではなかったが、グインは笑ってその懸念をしりぞけた。

「こういっては何だが、ガウスは《竜の歯部隊》の指揮官とはいえ、中原にその名を知られた将軍というわけではない。そして率いているのは俺が微行で会見すべく護衛にひきつれていった《竜の歯部隊》五十人の精鋭のみだ。むろん、俺にとってはなにものにもかえがたい大切な部下たちではあるが、レムス軍が人質として、こちらをしたがえようと思うには少々数が少なすぎる。――また、ガウスと五十人の《竜の歯部隊》をもしもレムスが虐殺するようなことがあれば、逆にそれは俺とケイロニア遠征部隊の非常な激昂と憤怒をあおりたてるだろう。――レムスはまだ、交渉が完全に決裂したとは思っておらぬ。まだ、なんらかの方策をたてて、何回かは話し合いの機会を持てるだろうとも、また、最悪俺がクリスタル政府には決してつかぬとしてもマルガ政府にもつかぬ、という中立の立場まではなんとかしてひかせられる可能性も残っていると考えているだろう。――ガウスとその部下五十人のために、その交渉の可能性を失うようなことはすまいと、俺は最初から思っていた」

「なんにせよ、では、そのレムス王の計算づくのおかげで、ガウス准将はいのちびろいしたということになりましょうか。ならば、それはとてもけっこうなことで」

ガウスの副官をつとめ、ガウスのおらぬあいだは留守部隊の指揮をしていたカリス中隊長が笑った。カリスはなかなか二枚目のまだ若い将校で、これもグインにとっては、《竜の歯部隊》をいずれガウスのもとで統率すべき大切な人材である。

「ガウス准将の到着には、あとおそらく一ザンばかりと思われます。……そのあいだ、陛下は少しお休みになられましては」

「ああ、そうだな。それと、俺の愛用の剣をアドリアン子爵にゆだねてきてしまった。俺の剣の替えを用意しておいてくれ。頼む」

「かしこまりました」

「リンダ王妃陛下はおやすみか」

「はい、あのセム族のむすめと同じ天幕をご用意しまして、かなりお疲れであったらしく、すぐにお休みになったもようです。……が、そのう、われらは……女騎士はわが部隊にはおりませんので、このさき、王妃陛下のお身のまわりのお世話をするものを、どのようにしたらよろしいのかと……それも陛下のご命令をあおぎたく……」

「ウーム」

グインはちょっと困惑して笑った。

「まあ、気にするな。パロのみやびな貴婦人とはいえ、王妃陛下はかつてノスフェラスではなかなか剛毅なところも見せたおかただ。これだけの非常事態となれば、侍女に手伝わせなくては着替えが出来ぬとか、ぶこつなケイロニア騎士の給仕では食事などできぬなどとはおっしゃるまい。いずれにせよ、ゼノンたちの到着をまってただちにマルガに陛下を送り届けなくてはならぬのだからな。……マルガに到着すれば、侍女たちも大勢いるだろう。それまでは、いささかのご不自由は我慢していただくほかはあるまい」

「ずいぶん——そのう……」

カリスは言いよどんだ。グインは思慮深いトパーズ色の目を中隊長に向けた。

「どうした。云ってみろ」

「おうわさにはかねがねうかがっておりましたが——パロの王姉陛下、と申し上げますか、カレニアの王妃陛下は、素晴らしくお美しいかたで……あんなにお若いとは思いませんでしたが……」

「俺が彼女をルードの森で窮地から救い、ノスフェラスで数々の冒険を経て、アルゴスへと送り届けたときには、彼女はまだたったの十四歳だったのだ」

グインは瞑想的に、なつかしむように云った。

「それはもう、何十年も昔のような気さえするほどだが、じっさいにはまだ十年とはたっておらぬのだな！　そう思うとひどくおかしな感じがする。じっさいにはもう、十年どころか、二十年も三十年もたったような気がするのだが……そのあいだにあまりにいろいろなことがあったからだろうか。いずれにせよ、彼女は気丈な女人だ。だがおのが弟に幽閉され、おのれの弟と良人が戦い、良人の死を知らされ——それが実はいつわりであったときかされ、という、あまりにも激烈な動揺をずっと受け続けておいでだ。しばらくは、休ませてさしあげたほうがいいだろう。どれだけ気丈だといったところで、いまだ、二十歳そこそこの乙女でしかないのだからな」

「見るからに凛然として、こう、ひと目お顔をみただけでも、このかたはそのへんのありふれた女どもとはまったく異なる運命をもつ、気高い高貴の貴婦人なのだな、特別のおかたなのだな、ということがひと目で明らかであります」

カリスは感心したようにいった。

「あんなにお若いとは思えぬほど落ち着いておられて――高貴の姫、それもパロのような伝統ある王国の王女というものは、あのように神々しい気品にみちたものなのでありましょうか」

「おそらくな。もうひとつ云わねばならぬのは、彼女は、どのようなきびしい状況のもとでも、あのように優雅で、真実で、そして剛毅だったということだ。俺は彼女がもっとも勇気の必要な瞬間にはそれを、もっとも忍耐の必要な瞬間には忍耐を、そしてもっとも優しさと思いやりが必要な瞬間にはそれを惜しみなく的確に発揮するのを何度となく見た」

「まことに、大パロの王妃にふさわしいお血筋に生まれ、教育を受けられたおかたなのですなあ！」

カリスはすっかり感心していったが、あまりこの話題に熱中すると、何かもしかして、ばかなことをいってしまいそうだと気づいて、あいまいに口をつぐんだ。あいにくと、同じだけの賛辞というのは、大ケイロニアの当の国王の王妃が得られるとは限らない、ということに気づいたからだ。ケイロニアの現在の王妃が、キタイからの奇跡的な救出の帰途に示した、なかなかもってなげかわしいふるまい、というのは、そのおりにお供をつとめてさんざん悩まされた、黒竜騎士団の面々からとっくに出回っていた上に、よりによってカリスは、その黒竜騎士団からの選抜によって《竜の歯部隊》に抜擢された騎士であった。が、カリスは気をきかせて、自分はあの折りに、トーラスからケイロニアへのとんでもない帰途に護衛の任務についておりました、などということはまったく口にしなかった。

グインがあけていたあいだに、あちこちからの伝令や報告が山のように入っていたし、それはどれも等閑に付すべからざるものだった。グインがあちこちに、間諜や斥候に出しておいた部隊から、諸方の情勢についての報告が時々刻々と入ってきており、グインはただちにそれをすべて確認して、あらたな情勢の変化について把握しておかなくてはならなかったのだ。それを考えると、とうてい、無事にあのような大冒険を脱出してきたからといって、のんびりと休息の一刻を持っているわけにもゆかなかった。

カリスたちはまた、じっさいにはいったいどのようなことが、国王がガウスと五十人の精鋭のみを護衛にひきつれて北アルムの会見の場所へ移動していってから、突然にこうして単身、しかもよりにもよってセム族のむすめだの、リンダ王妃だのをともなってあらわれるまでのあいだにおこったのか、いったいこれはどのような経過のはての出来事であったのか、本当は知りたさのあまり半狂乱になりそうだったが、生憎と《竜の歯部隊》はそのような好奇心を、あるじが何も云わぬときには決しておもてにあらわさぬよう、きびしく訓練されていた。そこで、カリスもほかの隊長たちも、ガウスが戻ってくればもうちょっと何か面白い豹頭王の大冒険についてきかせてもらえるのだろうかとひそかにわくわくしながら、ああもあろうか、こうもあろうかと内心想像をたくましくしている以外どうしようもなかった。どちらにもせよ、グインが戻ってきたとたんに、ただちに軍議が召集され、かれらもなかなかのんびりとはしていられなかったのだ。

また、四方の情勢は、グインがクリスタル・パレスでの冒険をくりひろげていたほんの一晩――じっさいに戻ってみれば、それこそ、正常な地上でたっていた時間は、まる一日半くらいのものにしかすぎなかったことが明らかになったのだった――のあいだにも、たえまなく激変をくりかえしていた。いずれも、ただちにグインの軍勢が応戦しなくてはならぬような事態になるわけではなかったが、いずれはそのひとつひとつの動きが大きな問題となってかれらの前に立ちはだかってくるに違いないような動きばかりであった。

「カラヴィア公軍は、クリスタル・パレス郊外にゆっくりと接近しつつあります」

その斥候の報告に、グインはじっと耳をかたむけていた。

「それが、レムス王の要請に応じてのものであるのか、それとも子息を取り返すための示威行動であるのかはわかりません。カラヴィア軍は外からの働きかけにいっさいの反応を示さず、ただ非常にゆっくりと行軍してクリスタル・パレスの郊外に近づいてきています。クリスタル周辺の住民もその意図がわからず、かなり不気味がっているようです」

「現在直接に両パロの軍勢が激突している唯一の場所であるダーナムでの戦線に異変が見られます。……すでに、ベック公率いるレムス軍に攻撃されて十日ばかりになるダーナムはまったく戦意、というよりも戦い続ける力を喪失し、陥落は時間の問題と見えていましたが——ここにきて、きのうの夕刻くらいから、ダーナム側にあいついで援軍があらわれ、それによって——その援軍との戦いにベック公軍が気をとられたため、ダーナムそのものへの攻撃がやんだため、ダーナムの守備隊も多少息を吹き返しているようすです」

「その援軍というのは何者だ？　マルガからの増兵か」

「それもあります。ダーナムを守っていた老聖騎士侯ダルカン将軍は、少数の兵士に守られてダーナムを脱出に成功したもようです。入れ替わってダーナム防衛のためにルナン聖騎士侯はなおもダーナムを死守するかまえを見せています。……が、きのうまでは、すでにダーナムは力つき、ルナン侯がたとえどのように兵士たちを鼓舞したとしても、降伏——あるいは全面的陥落は時間の問題ではないかと見られていました。だが、そこに、あらたな援軍がイーラ湖側からあらわれて、現在、昨夜来ダーナム周辺の情勢は予断をゆるさぬ状況にあります」

「イーラ湖側からあらわれた援軍だと」

「はい」

斥候隊長は緊張したおももちでうなづいた。

「これについてはきわめて重大なことであると考えましたので、いろいろな方向から何回も確認いたしました。ほぼ、もう、間違いはないかと思われます。——どうやら、ダーナム軍を救援にかけつけ、背後からベック公軍を攻撃しはじめている軍勢は、ゴーラ王イシュトヴァーンの手兵であります！」

「おお」

グインはあまり驚いたようすもなく云った。かえってカリスたちのほうがおもてをひきしめた。

「なんだと。イシュトヴァーン軍が、ダーナムに援軍として戦闘を開始しているというのか？」

2

「さようであります」

　何回も確認した、ときっぱりというだけあって、おのれのその情報には自信があるのだろう。斥候隊長ははっきりと大きくうなづいた。

「間違いございません。わたくしの名誉とこの命にかけて間違いございません。私の班は気づかれる危険をおかし、かなりの距離まで戦闘最中のベック公軍とその相手方の軍のあいだに近づいて確認してまいりました。ゴーラ軍は、ゴーラの印、または紋章をすべてよろいかぶとからとりのぞき、旗印、のぼりなどもたてておりません。しかしわたくしは近くまで忍び寄ったときにかれらが、『ゴーラ、ゴーラ、ゴーラ！』『イシュトヴァーン！』という歓声をあげるのを確かに耳にいたしましたし、かぶとのなかの顔つきがユラニア人のものであることも、死体のかぶとをとりあげてみて確認しました。何よりも、先頭に立ってすさまじい戦闘ぶりをみせている長い黒髪の一騎、それはそのたたかいぶりからも、その長い特徴的な黒髪からも、またほかのものたちのおそれようからも疑いもなく、ゴーラの狂王イシュトヴァーンその人にまぎれもないと思われました。その周囲のものたちは彼を『イシュトヴァーン陛下』と呼んでおりましたし、おそらく私がケイロニアの斥候として忍び寄って見ていることは知らぬかれらに、擬装する必然性はございますまい……」

「お前を疑ってはおらぬ」

グインはかすかに笑ってうなづいた。

「また、われわれ自身がすでに、国境近い街道ぞいでゴーラ軍と出くわしたではないか。当然、そののちにゴーラ軍が迷走しつつもダーナムに接近するとすれば、ちょうどそのあたりに出現するころあいでもある。また、俺としては、遠からずイシュトヴァーンが、なんらか荒っぽい軍事行動によって、強引におのれがマルガ政権の味方としてパロ国内に侵入したことを明らかにするだろうと考えていた」

「しかし、それはまたずいぶん乱暴なお話で」

カリスがあきれたようにいった。

「マルガのカレニア政府のほうから要請されたというわけではないのでしょうか？　もし、そうでないのなら、なんといいますか……援軍の押しつけと申しますか……」

「じっさいには、神聖パロのアルド・ナリス王は、むしろゴーラとの共闘、ゴーラ軍の支援は迷惑がっているだろうと、誰しもが確信している」

グインは面白そうに云った。

「それがケイロニア軍、そしてカラヴィア公騎士団の去就をかえって神聖パロに不利な方向に動かす力をもってしまうだろうというので——つまるところ、ゴーラ軍三万を得たところで、ケイロニアと、そしてカラヴィアの味方を失うのであれば、神聖パロにとっては非常な窮地は継続するだけのことだからな。……といって、押し掛けてきて味方する、と明言するのならまだしも断りようもあろうが、勝手に戦いをはじめられてしまうのではマルガからどうすることができるものでもない。いまごろ、おそらくマルガは相当に困惑しているだろう」

「どう、なさいますので？　ここからマルガへむかうには、ダーナムを通らざるを得ないのではないかと思われますが」

「なに、迂回などどのようにでもしようがあるさ」

とぼけたようすで、グインは答えた。

「それにどちらにせよ、われわれはまだ、ゼノンたちが到着するまではここを動くわけにはゆかぬのだからな。まあ、ゆっくりとちょっとばかり英気を養い、ゼノンの到着をまちがてら、リンダ王妃からカラヴィア公に働きかける手伝いをしてあげるというようなことだな」

「それが、しかし、そうもしておられぬようです」

いくぶん苦笑して、もうひとりの斥候隊長がようやくおのれの番がきたと口を出した。

「これは最新の情報ですが、クリスタルのレムス軍は陛下とリンダ王妃陛下の逃亡を非常に重大視し、これまでになく大勢の兵士をくりだして、国王騎士団おそらく一万ぐらい、そしてダーナムから急遽クリスタルに呼び戻されたタラント聖騎士侯にあらたに聖騎士団数千をあずけ、クリスタルを進発させる準備をしているという報告がございました。例によってクリスタル・パレスには近づけませんので、これは、クリスタルの街に潜入させた間諜からの情報でございますが。……アルカンドロス大王広場に面した、アルカンドロス門が開き、大王広場に続々とパロの騎士たちが整列して出兵にそなえるようすが見られるということです」

「それはまあ、当然だろうな」

グインは驚いたようすもなくいった。

「あれだけのことをして荒らしてまんまとパレスのど真ん中から逃げ出したのだ。あちらもそのままにしておいてはクリスタル・パレスの威信にもかかわろうし、どうあってもここは追撃して来ぬわけにはゆかんだろう。それほど、きゃつらがそうしたがっているとは思えんがな。どうも、じっさいに剣をまじえて見たかぎりでは、マルガ側かレムス側かは問わず、パロ兵の実力というのは、ケイロニア兵とはかなり雲泥の開きがあるようだ」

「それはまあ、おしとやかなお国柄でもありますし、それになんといっても、体格が小そうございますからね」

カリスはいかにも、当然、といいたげに、世界最強の尚武の国の精鋭の誇りをこめて答えた。

「第一我々は《竜の歯部隊》でございますから。――ケイロニアの豹頭王グイン陛下直属の。それは、こちらが一千人で、あちらが十万いようと、なかなかに、遅れをとる気はいたしません」

「まあ、そう過信しすぎるのも危険かもしれないが」

グインはおだやかにそういっただけであった。

「まあ、いずれにもせよ、レムス軍がこちらを目指して進軍を開始しようとしているのは確かなのだな。ということは、少なくとも、きゃつらがかなり動きが遅いといっても明日には――ふむ、地図を見せてくれ」

「はい」

ただちに、折り畳み式の戦場用の机の上に、地図がひろげられる。グインはじっとそれを見つめた。トパーズ色の目がくるめいた。

「なるほどな」

何をどう、その豹頭のなかをめまぐるしい考えがかけぬけていったものか、やがて、大きくうなづく。

「よかろう。ガウスはあと――さきほどあと三ザンほどで合流するといっていたということは、あと二ザンあれば確実に到着するな。――ゼノンのほうは、まあ大勢のことでもある。それに山地だ――どれだけ急いでも、パロ国境へ到達するのは二日はかかるか……」

「陛下……？」

「よし。ガウスが合流しだい、出発するぞ」

「えっ」

カリスは思わず、「《竜の歯部隊》はグイン王の命令を決して聞き返してはならない」という鉄則を破って、反射的に聞き返した。ついさきほど、「当分ここでのんびりしよう」といった、その舌の根もかわかぬうちである。

だが、グインは泰然としていた。

「このままシュクにいて、ダーナムなり、マルガなりへのあいだに、レムス軍に立ちはだかられる格好になるのは望ましくない。さきに、こちらが動いて、エルファへ出るぞ。エルファからなら、ダーナムににらみをきかせつつ、いざとなればそのまま南下してサラミスへ抜けられる」

「あ……」

隊長たちは恐しく真剣な顔になって、パロと周辺の地図をのぞきこんでいる。

「しかし、ゼノン将軍の軍とのあいだを分断されるというおそれはありませんのでしょうか」

「あちらはゼノンでこちらは《竜の歯部隊》、そして、相手はパロ兵だぞ」

グインはうすく笑った。

「きゃつらに分断されたらわれわれがどうかなるとでも思うか？――むろん油断は大敵だし、われわれがエルファにむかうと見極めたときレムス軍がどう出るかもひとつの見ものだが――エルファとクリスタルはあいだにイーラ湖をはさんでいる。エルファまで出られれば、レムス軍も際限なくクリスタルから後方支援をあてにするわけにゆかなくなる――ましてそこにゼノン軍が到着するという情報が入ってくれればな。イシュトヴァーン軍は、おそらくベック公軍をうち破るだろうし、それもかなり近いうちにだ。そうすればイシュトヴァーン軍はそのままイラス平野を南下して、マルガを目指すのは当然だ。こちらはサラミス公領からカレニア勢力圏内に入る。つまり、極力イシュトヴァーン軍とは近づかぬよう、距離を保ちつつだ」

「なるほど……」

「しかし、リンダ王妃陛下をマルガにお送りするのですよね」

実際的なカリスが云った。グインはうなづいた。

「いざとなれば――リンダ王妃ご自身が情勢について、もっともよい判断を下してくれるだろうさ。つまりは、イシュトヴァーン軍がマルガに向かったときに、だな。またゴーラ軍はまだ、カレニア政府から歓迎するといわれたわけでもない。じっさいアルド・ナリス政府としては、いまここで世界的に孤立しているゴーラ軍と手を結ぶことになるのは非常に困惑するに違いない。ダーナムでもうちょっとイシュトヴァーンが手間取っていてくれるようなら、いっそサラミス経由で俺が先にマルガ入りしてしまうという手もあるのだがな」

「そうすると、イシュトヴァーン王がゴーラ軍をひきいてマルガに入ろうとしたときには、もうすでにそこにケイロニア軍がかためているという寸法ですか」

若い隊長のルナスがちょっと身をふるわせて云った。

「しかしそれは、その……もし、交渉がこじれた場合には……イシュトヴァーン王の手を組もうという申し出をあくまでも、アルド・ナリス陛下がはねつけた場合には……そしてグイン陛下に助けを求めた場合には……そのう、まっこうから……」

「そうだ。神聖パロ王国のアルド・ナリス聖王の求めに応じ、ケイロニア王グインの軍勢は、ゴーラ王イシュトヴァーンの軍勢と正面から激突することになる」

ゆっくりと、グインは答えた。

一瞬、ひとびとはしんとしずまりかえった。それは、誰しもが、遠からずやってくるだろう——とは、予測していた事態であった——両雄並び立たず、ということわざは、いずれの時代、いずれの国でも同じである。そして、ゴーラの狂王イシュトヴァーンと、ケイロニアの豹頭王グイン——これほどに、何から何までが対照的である二人の英雄というのは、現在の中原でも、ほかに決して見いだせるものではなかった。その意味では、レムス王と聖王アルド・ナリス、というはじめからともに天をいただかざるべき《二つのパロ》の領袖よりも、はるかにこの二人の英雄のほうが、(いずれは激突するであろう……)という予感を人々に抱かしめていたのも確かであった。

だが、そうして、はっきりと口に出されたとき——それも、そのかたわれたるグイン当人の口から——それは、まさに、世界にあらたな運命がもたらされる予兆として、はるか遠くでりょうりょうと吹き鳴らされるルアーの角笛の音、ヤーンのひろげる翼の烈しい羽ばたきのざわめきを、居合わせたすべての者にあまりにも強く感じさせぬわけにはゆかなかったのだ。人々がしんと顔を見合わせてしまったのも無理はなかった。

(ケイロニア王グインの軍勢は、ゴーラ王イシュトヴァーンの軍勢と、正面から衝突することになる……)

凶々しくもたけだけしい、ルアーの角笛そのもののひびきにも似て、云い放ったグインの声が、まだ人々の耳の底に鳴っている。

(ついに、くるのだ……とうとう、やってくる……)

（ついにその時代がくる……）

戦いの時代、というならば、すでにもう、中原には、平和はない。いまこの瞬間にもダーナムで烈しい戦闘がくりひろげられているのであり、また、諸国列強は、《二つのパロ》にいつ、どのようにしてくみするか、このもはや内乱をこえた宿命的ないくさに、どのようにしてかかわってゆくか、おのれの存亡をかけて問われなくてはならぬ時代に入ってきている。うかつに選んで、負ける側、滅びる側のパロについたとしたら、それは、それこそケイロニアほどの強国でもないかぎり、その国自体の滅亡の危機であろう。それがいやさに、各国は次々とおそらくは他の国の出ようを探りながらどちらかにくみしてゆき、それがやがては、いまはまだ敵同士でさえない国々のあいだにあらたな戦さの火種をまいて、それは中原すべてに燃え広がってゆき――

そのなりゆきがこのままにしておけばどうあれそうならざるを得ないであろうということは、すべてのこのいくさにかかわりをもとうとしている者がいやというほどわかっていることだ。だが、それとさえ違う――ある、おおいなる畏怖、ときめき、ざわめきのようなものが人々の心を浸してやまぬ。

（ああ――グイン王ひきいるケイロニアと、狂王イシュトヴァーンにひきいられたゴーラとが、中原を血の海に変えてゆくのだろうか……）

もしもこの両雄が正面きってぶつかりあえば、おそらくは、ケイロニアもゴーラも無傷ではすまぬであろう。そのことを、ケイロニアの勇士たちはひそかに感じている。パロ軍との戦いではそれがどのように激化しようとも、まったく感じることのない、ある激烈な予感、予兆のようなもの。

いまはまだ、ゴーラはそれほど国家としての地歩が固まっているわけではない——またイシュトヴァーン王自体の足場もまだきわめてあやふやなものだ。その思いで、人々はまだなんとなく、《その日》は遠いような気やすめを感じていたのかもしれなかった。だが、それは意外にも早すぎるほど早くやってこようとしている。しかも、パロを舞台としてだ。

「……………」

ふいに、カリスは、腰の剣をぬいた。何をするつもりかと驚いて見守っている者たちの前で、彼は剣をきっさきをおのれのほうに向け、膝まづき、黙ったまま、《剣の誓い》の印を切って、その剣をグインに差し出した。隊長たちは、なんとなくはっとしたようにその彼を見たが、誰いうともなく、ほかの隊長たち、騎士たちも次々とひざまづき、《剣の誓い》をくりかえしはじめた。

(我々は、どこまでも、あなたについて参ります——豹頭王グイン陛下!)

口には出されなかったが、その誓いは、さながら大声で叫ばれたほどにも強烈に、そこにいたものの胸に突き刺さった。グインは黙って、しばし、ひざまづいて剣をいっせいに差し出している部下たちを見つめていたが、ゆっくりと立ち上がり、一人づつ、剣をとってくちづけし、悠揚迫らぬ態度でそれぞれの剣を相手に返した。

「案ずるな」

その口から出たのは、むしろおだやかなほどのことばであった。

「まだ、そうなると決まったわけではない。……いや、いずれは、どうあれゴーラとは決着をつけねばならぬにしたところで、この――いまがそのとき、ここがその場所、とはまだ断言できぬ。おそらく、いずれは確実にぶつかるのだろうがな。まあ、なるようになるだろう。俺はいつでもそう信じている」

まるで、グインのことばにうたれて石にでもなってしまったかのように、誰ももう、口をひらくものはない。かれらはそれぞれ、おのれの思いをかみしめるかのように、受け取った剣をまだ鞘にもおさめぬまま、胸に抱き、グインをひたすらな信頼と崇拝の目で見上げていた。

グインはゆっくりとうなづいた。

「ひとつだけ確かなのは、最終的にはそのいくさは、神聖パロのためでもなく――俺自身のためでもない、ということだ。俺は決して、ケイロニアの利益のため以外には戦わぬ。それだけは、信じてくれていてよかろう。――たとえ、そのときのそのいくさについてはそのように見えなかったとしてもだ。俺は決して、おのれの私利私欲や、おのれ

の勝手のためにお前たちを戦場に連れ出しはせぬ」

「それはもう」

ようやく立ち上がって、いくぶん晴れ晴れとした顔つきになりながら、カリスが笑った。

「なにしろ、ケイロニアの豹頭王グイン陛下であらせられますから。《竜の歯部隊》一同、つねに絶対のご信頼を申し上げております」

「絶対の信頼などと云うものほど、重大なものをひとにかけてはならぬ——と、哲学者だというアルド・ナリス王なら云われるかもしれんがな」

グインは笑った。

「俺は哲学者でもなければ、それほど賢いわけでもないので、もっとものごとが単純でそれだけは助かるといってもよいな。なに、とりあえず、アルド・ナリス王がイシュトヴァーン・ゴーラの支援を全面的に受け入れる、という可能性も残っていないわけではない。ナリス王が、イシュトヴァーンに賭けてみよう、と思わぬだろうとは、誰にも断言できぬからな。——もし、そうなれば……」

「それでも、ナリス王にお味方されますので？」

ルナスがきいた。グインはトパーズ色の目をくるめかせた。

「それはどうかな。……俺はそこまで、イシュトヴァーン個人を毛嫌いしているわけでもなければ、俺自身はイシュトヴァーンの敵というわけでもないが、ただ問題があるとすると、イシュトヴァーンというやつは、おのれでも《災いを呼ぶ男》と名乗っていたが——いっときはそれを誇りにしていたようだったが、まさにその名乗りのとおりだ。彼は、彼と組んだ人間にも、彼と敵対した人間にも災いをもたらす——それは何も彼がそのような星のもとに生まれているからというのではない。そんなことは俺は信じぬ。そうではなく、彼が災いを呼ぶ男であるのは、彼が、最終的に信ずるに足りないからだ。——彼を味方と信じれば、いずれ痛い目にあう——彼によってモンゴールを回復できたと喜んで彼の妻となったアムネリス公女がどうなったか、彼とくんでユラニアを得ようとしたタルーとネリイ夫妻がどうなったか、そしてモンゴールがいまどうなっているか——結局は、それはすべて、彼の信ずるに足りなさがもたらしたことだ。そうした人間は——俺は、手を組むことができぬ」

一瞬、みなはまた、しんとしずまりかえった。それはあまりにもあからさまな——グインの口からもれようとは誰も想像しなかったほどに明確な、イシュトヴァーンへの決定的な断罪と、不信の声明だった。

「彼はいずれ、人を裏切る。——それがわかっていて、手を組むのはむしろ、そのあいてに対して無礼だといってもいいくらいだ。手を組まなければ、彼に裏切られたという怒りをもつこともまた、なくてすむのだからな。彼がそのような人間だとわかっていて、その上でなお彼を利用する、というつもりで手を組むのならいいが、それは俺には——俺のとる方法ではない。俺はやはりケイロニアの人間だ。俺にとっては、信頼と共感とは、その相手とともにやってゆくための最大の武器なのだ」

「………」

「気の毒にな、イシュトヴァーンも、なかなかに困難きわまりない道を選んだものだということが、いつかわかるだろうさ。——ひとの信頼を裏切らぬのは、簡単なことなのだよ。それは、ごく単純に——信頼を裏切らなければそれでよい。俺はひとを信用するほうだとは云えぬが、ひとを裏切ることはせぬ。ひとを裏切って、信頼してもらえぬことになると、何もかもがきわめて厄介になるからだ——また、土台から信頼を作り直してゆかねばならぬ。ならば、その土台を守ってやったほうがはるかに話が早い。——それが、イシュトヴァーンにはわからぬのだろうな。ああして、裏切りと流血で築いた王国と軍勢というものは、いずれまた、同じ裏切りと流血をおのれにむける——ほんとうに向けるかどうかではない。当人が、『裏切られるだろう』と思っていなくてはならぬ。それは、そうやってその場所を得たからだ。おのれがそうしたから、ひともそうするだろうと思うのだ。だから、イシュトヴァーンは、いっときも——おのれの兵士のなかにいても心安らかにいることもできぬだろう。俺は、それがしんどいと思うから、ひとを信じるのだよ。——ときに俺は敵をも信じる。敵の知性を信じられるときにはそれを信じる。敵の計算づくを信じられるときにはそれを信じる。信じるというのは、なにも何から何まで相手がおのれに都合よくしかふるまわないだろうと考えることではない、それは信頼ではなくておのれの傲慢というものだ。信じるというのは、おのれの相手を見る目の正しさをたのむことだ。その目が正しければ、俺は何も失望せずにすむ。——俺はいまだかつて、なにものかに失望させられたことはないと思っている」

「………」

隊長たちは思わず、感服の吐息をもらした。グインは笑って、肩をすくめた。

「つまらぬ話をしてしまったな。そんなことはどうでもよい、イシュトヴァーンの話だった。——ともあれ、俺はそういうわけで、イシュトヴァーンに対して一番親切な仕打ちというのは、彼を信用しないことだと思っているのかもしれぬ。彼を信用しないで、彼のすることなすことを注意深く見つめていれば、彼がこのあとどうしようとするだろうかはたいがいわかる。そのときにこちらがどうするかさえ、腹が決まっておれば、きゃつはべつだんそれほど危険ではない——むしろ、彼は、その意味ではずいぶんと扱いやすいと俺は思うぞ。たとえばいまだ。彼はああして、三万の兵をひきいているとはいいながら、やすやすと、後方支援も補給線も確保せずにパロ領内にこれほど深く侵入してしまっている。もう、いまとなっては、ゴーラ本国とイシュトヴァーンの軍勢を切り離そうと思えばあまりにもたやすいことだ。伝令はむろん往復させているだろうが、そんなものは、たやすくおさえられる。それに偽りの情報をつかませることも、にせの伝令を作ることも、また一切の伝令を押さえてしまい、本国とまったく連絡がとれぬ状況にして孤立させることもあまりにも簡単だ。――イシュトヴァーンはその危険についてはおそらく何も考えることなくどんどん、引き寄せられるままにパロ領内に侵入していったのだろう。それはもともと、こういっては失礼ながら彼が野盗あがりだからだ。野盗には、そんな、本国などというものをあてにする習慣はないからな。彼はつねにおのれの力だけをあてにして生きてきた。そしてそれでこれまではすべて切り抜けてきたというわけだ。だが、三万の軍勢で、しかも何がおこるかわからぬ魔道の王国パロのなかにこれほど深く進出すれば――気づけばおのれは三万の軍のみをひきいて魔道の領土のまっただなか、ということになろうし、そうなったときに、はじめて、どうして自分がそれほど簡単におびきよせられ、パロ領内にひきよせられたのかわかるということになる。少々勇猛とはいえ、たかだか三万の軍勢など、パロ一国全体に対してまったくなにものでもありえぬだろうからな。――あのようにゆきあたりばったりにあとさき見ずに行動しておれば……いずれは必ず、にっちもさっちもゆかぬところに追いつめられてしまう。俺は、そうなってからでも遅くない、と考えるのだ。イシュトヴァーンへの対応を決めるのはな」

いずれにもせよ――

グイン王が戻ってきたからには、わが軍はもう、千人力、いや、勝利の神がともにあるのと同じなのだ――ケイロニア軍は一兵にいたるまで、それをかたく信じてやまなかった。

3

それからしばらくして、ガウスが五十人の《竜の歯部隊》の精鋭をひきいて合流した。それを待ちかねるようにして、すでに進軍の準備をととのえていたケイロニア軍は、シュクの郊外に張っていたかりそめの陣営をあとにした。ケイロニア軍は、その動静がシュクの砦からはただちにはわからぬような、シュク砦からもシュクの町場からもややはなれた森かげに陣をはるよう命じられていたし、グインは一気に軍勢を動かすのではなく、少しづつ順送りに出発させるよう気をつけたので、シュク砦の駐留軍がただちにそのケイロニア軍の移動を阻止しようとうって出てくる、という動きはまったく見られなかった。もっともこのような情勢ゆえ、当然シュクからも、あるいはクリスタルからも斥候が出て、グイン軍の動静をうかがっているであろうことは察せられたが、それはグインはあまり気にとめなかった。どちらにせよ、ここは魔道の王国であり、そうである以上、まわりに直接斥候らしいすがたが見えないからといって、見張られていないのかどうか、それほど簡単に安心するわけにはゆかなかったのだ。

それに、もはやグインの腹は決まっていた。その決定にむかって動き出せば、もうなにものも彼をとどめることはできぬ。

ガウスが戻って、ふたたび敵地深く進入した当初の陣容がととのったグイン軍は、そのままただちにシュクの砦周辺を迂回して、エルファ街道へとむかった。エルファはイーラ湖の西、湖からは少し離れた森のなかにある街道の宿場である。赤い街道はケイロニアとパロとのあいだでは、本筋とされているのはワルドからシュクをぬけ、そのままケーミからクリスタルへ入るクリスタル街道で、シュクからわかれてエルファ、そしてサラミスへと南下する西街道は比較的さびれている。ケイロニアからパロへ入るルートも、ワルド山地はずっとケイロニアとパロのあいだの自由国境地帯にひろがっているとはいいながら、ワルドからシュクへのあいだのほうが道も切り開かれ、通行量もその分多い。いっぽうフリルギアからエルファに直接入る道筋は、貿易にはひんぴんと利用されているし、さすがに当時の世界最大の二つの国家の流通経路であるから、街道の盗賊などが出没するようなことはない、治安はかなりよいほうだが、フリルギアからの山道はかなりけわしく、それにフリルギアからエルファへは、ワルドからシュクへの三倍くらいの時間がかかる。

最終的にほとんどの貿易商品はクリスタルに集結することもあって、いっそう西街道は特定の隊商ルート以外には、通常の旅人のとる道としてはさびれがちである。それにエルファからも道はふたてにわかれているが、そのままダーナム、アライン、そしてロードランドへ続く街道はそのままサラエムへと続き、パロ中心部を横断するきわめて重要なものだが、それに対して、南下してサラミス、カレニア、カラヴィアへと下ってゆくサラミス街道のほうは——西街道はエルファをこえるとサラミス街道と名をかえることになっていた——確かにもうひとつ、パロの中心からは遠い、縁辺の地ばかりをめざすことになってはいる。パロ南部は、重要な都市がみな集まり、パロの政治と文化と商業との中心をなしているパロ北部にくらべて、文化的にも一格下とみなされることが多いのだ。カラヴィアにいたっては、ダネイン大湿原をひかえ、「南部人」と呼ばれて、パロ国内の蛮族扱いされることとさえ、ないとはいえない。

カレニア自治領が、アルド・ナリスに忠誠を誓い、このたびの神聖パロ王国の樹立に熱狂したのは、その素地として、この、パロ北部による南部の搾取、蔑視、というような底深い要因もおおいに関係していたのだった。サラミスはまだしも、カレニア、カラヴィアはクリスタルからみるとひどい田舎であり、カラヴィア騎士団の力と勇猛はおそれられてはいても、文化的にはとるにたらぬと思われているのだ。まあまた確かに、パロの大都市は北部に集中しており、南部は広大さのわりに人口ではかなり北部に劣る。

そうしたパロの国内事情は、中原の支配階層にとっては常識であったが、いまや、カレニア政権の誕生によって、パロはいわばしだいに北部と南部とにまっぷたつに分裂しようとする傾向をみせはじめていた。これでもしも、カラヴィア公がはっきりと、カレニア政府側につくことを表明すれば、まさしくそれは、《北パロス》と《南パロス》の分断を意味することになっただろう。

だが、カラヴィア公は強大なカラヴィア騎士団のほぼ三分の二という、いまだかつて動いたこともないほどの大部隊をひきいて、クリスタルに肉迫しつつあり、その心境はいまだに判然としない。ここまで、カラヴィア公ほどの重要な存在が、おのれとおのれの兵力の帰趨をあきらかにしないというのは、異常なことでもあったし、そのこと自体が、世継の愛息、アドリアン子爵を人質にとられているカラヴィア公アドロンの逡巡と抵抗を明らかにしているかのようでもあった。

シュクからエルファへは、国境に平行するようにルートをとって、二日ばかりの距離である。グインは例によって、すすむさきざき、また前後左右すべてに斥候をふんだんに出し、周辺の情勢を慎重にさぐりつつ、それでもかなりの速度で兵をすすめてゆく。ほどもなく、ゼノン軍一万と、ワルスタット侯騎士団三千、黒竜騎士団三千、あわせて一万六千が、国境地帯をこえ、シュクの手前でパロ領内に入ったという早馬の報告がもたらされた。シュク警備兵は動かず、とりあえずシュクはかるがるしく動くな、という命令がおそらくクリスタルから到着しているらしい。

本来ならば、国境警備隊が出動し、ただちにシュクからうって出て国境侵犯の大軍に対してこぜりあい、あるいは正面衝突がはじまってしかるべきところだが、レムスはリンダ奪還と、ケイロニア軍のマルガ入りは阻止せねばならぬ、というかまえを見せて、動かしはじめた国王騎士団をタラント聖騎士侯に率いさせてクリスタルを進発させていた。斥候の報告によれば、クリスタルの西門を出た軍勢は、イーラ湖南岸ぞいに、ダーナムへのルートをとるようすだという。ということは、レムス軍は、グイン軍が動き出し、エルファをめざしたのを知って、おそらくは、エルファからサラミスのどこかでグイン軍をおしとどめるつもりだろう。そのまえに、このルートをとってイラス平野を横断するならば、どうしても現在やや沈滞気味とはいえ、なおも戦闘が継続しているダーナムの戦場を通らねばならず、そうなればそこで現在戦闘しているゴーラ軍との衝突も予想されるが、それを避けてアラインまわりからイラス平野へ、主街道でない細い、網の目のようにめぐらされた脇街道を使ってサラミス街道へぬけることも、パロの軍勢ならば可能である。

ダーナムからの斥候のひきつづきの報告も、ダーナムに参戦した軍勢がまぎれもなくゴーラ王イシュトヴァーン率いるゴーラ軍であることを確認するものだった。ゴーラ軍の戦線加入はダーナム戦線に非常な混乱をまきおこしているらしい。

それは当然であった。ダーナムでは、戦火のまっただなかにあり、何も情報も入ってはこない。ダーナムを死守せんとするダーナム守備隊も、それを守ろうとするルナンの軍勢も、またダーナムを攻め立てているベック公の軍勢も、よりにもよってこんなところでの戦闘に、ゴーラ軍などが参戦してこようとは夢想もしてはいなかったものに違いない。斥候によれば、イシュトヴァーン軍は、一気にシュクとエルファのあいだで赤い街道の本街道をはなれて南下し、そのあたりの森林と田園地帯を踏み荒らすようにしてかけぬけて、イーラ湖のほとりから、ダーナム攻防戦の最中に駆け入ってきた、ということだった。最初は、攻防のどちらの軍も、それがいったいどちらに味方しようとするなにものの軍勢なのかかいもくわからず、大混乱に陥ったらしい。だが、ほどもなく、この謎めいた軍勢がどうやら、イシュトヴァーン王のゴーラ軍であること、そしてそれがダーナム守備隊とルナン軍に味方しようとしていることが明らかになった。とりあえずそれをナリス王からの要請にこたえてイシュトヴァーン軍が援軍にかけつけたものと解釈して、ダーナム軍からは大歓声があがったということだ。同時にベック公軍のなかには非常な動揺が走り、人数的にはそれほどまさりおとりはなかったが、ベック公はこのあらたな敵をむかえて急いで自軍をいったんひかせ、クリスタル寄りのイーラ湖畔にしりぞいて態勢を立て直そうとしている。が、もとよりダーナム軍はうって出る余力はすでに失っているが、イシュトヴァーン軍はそのベック軍に追いすがって、激しい戦闘がイーラ湖畔でくりひろげられている——というのが斥候からの報告だった。

が、夜になるといったん戦闘は停止状態になり、イシュトヴァーン軍はダーナムに入った。そしてダーナム駐留部隊から非常な感激をもって迎えられたということだった。

それは無理もなかった。ダーナムは全滅を覚悟していたのだ。

その報告をうけるあいだにも、グイン軍はエルファを目指し、そしてついに完全にとっぷりと夜がふけたころあいになって、ようやくその苛烈な進軍の歩みをとめた。グインはできることならばとりあえずエルファまでは一気にいってしまいたいという意向だったが、暗がりのなかではさすがに思うにまかせぬし、といって、もはや逃げ隠れする気はまったくないとはいえ、松明をふんだんに使って夜の行軍をするのも危険きわまりなかった——ましてや、ここは暗黒の魔道王国の版図である。

グインは、自軍に夜営を命じ、同時にまた斥候をあたりにはなち、またゼノン軍からの連絡をまち、ゼノン軍への指令をかえし、明朝までのしばしの停止の手はずを調えさせた。もっとも、夜襲をおそれて、通常の戦時中の野営よりもはるかにきびしい警戒がなされていた。魔道師たちがどこからどのような攻撃を仕掛けてくるかわからぬことを、グインはもっとも警戒したからである。

リンダは何も文句をいわず、用意された馬車でまだ眠っているスニともども、きびしい行軍につきあったが、それでも夜営となるとさすがにちょっとほっとしたようすであった。グイン軍の持参した糧食はそろそろ底をついていたので、兵士たちが近隣の農家から食料の買い出しにあたり、リンダはそれに神聖パロ王妃の名をしるした協力依頼書を作って手助けしようとした。また、カラヴィア公への親書が作り上げられ、ただちにこれまたよりぬきの数人の使者団に託されて、かれらはカラヴィア公のもとへのきわめて危険な任務に夜をついて出発することとなった。

すべてが、夜になってもとどまる気配もなく動き続けていた。グインもリンダも、緊張をとくいとまもなく、調達された簡単な食料を口にし、ちょっと横になって身をやすめるくらいしかできなかったが、そのあいだにも、あれこれの使者や報告、斥候が天幕にあわただしい出入りを続けていた。これほどに斥候の多く出入りする軍勢というのは、リンダは見たのははじめてだった。だがそれについてもリンダは何もいわず、多忙なグインの邪魔をするつもりはなかった。

魔道師からのえたいのしれぬ攻撃をグインはなかば予期していたが、しかし、一夜あけてみると、結局なにごともなく、何ひとつそうした攻撃は起こらなかった。あまりになにごともなかったのが、かえってかれらを不安にさせるくらいだった。まだ朝日がのぼりはじめるかはじめないほどの早いうちに、ただちに出発の命令が出され、恐しく訓練のゆきとどいた《竜の歯部隊》の精鋭たちはもうそのときにはただちに順番をまって出発の態勢に入っていた。ゼノン軍が引き続きこちらにむかって、国王軍との合流を求めて速度をあげて追走してきている、という報告がもたらされ、グインは一瞬考えてから、その日のうちにエルファ郊外に到着するよう調節して、かなり予想される進軍の速度をゆるめるよう決定した。ゼノン軍が速度をあげているので、そのままこちらがゆるゆると進んでゆき、エルファ郊外でとどまっていれば、そこでゼノン軍との合流がなされるはずである。

レムス軍はイシュトヴァーン軍の参戦の情報はむろん耳にしているだろう。レムス軍がダーナムまわりのルートをとったのは、そのダーナムの現状を確認する意味もあってのことだろうとグインは読んでいた。あるいはずっとダーナム攻撃戦にたずさわっており、かなり疲労しているはずのベック公軍を、レムス軍のいくばくと入れ替えるつもりなのか。いずれにせよ、レムス側は、リンダ王妃の奪還についてはかなり強硬な態度を示していたが、いまだにケイロニア軍全体を決定的に敵にまわすことをためらっているようすは見受けられた。だがそれは四囲の情勢を考えれば、当然といえば当然だったのだが。

朝もやをついて軍勢は四方からそれぞれの道を進んでゆき、さきにダーナムから引き上げてきた斥候が、ひるすぎに告げた報告は、「ベック公軍がさらに撤退して、クリスタル方面にむかって陣を後退させた」という知らせだった。午後にはレムス軍が到着し、ベック公軍と合流し、ベック公軍はレムス軍の後衛にさがった。むろん、これらの情報は、すべてあらかじめグインが出した斥候が早馬で駆け戻ってもたらすものであったから、そこには当然、もっとも早くても数ザンの時間のずれはあったのだが。

クリスタル軍は、一応ベック公軍と交替して最前線に出はしたが、ダーナムの攻撃にはかなり関心を失っているようであった。ベック公と副将マルティニアスはそれぞれの疲れはてた兵を連れてクリスタルへ戻るべく動き出した、という報告が、夕方になって入って来、かわってタラント率いるあらての聖騎士団がとりあえずダーナム戦線の前線にあがったが、もっとも兵力の多い国王騎士団はそれと一緒には動かず、いつでもダーナムを迂回してこられるようにダーナムの南東にとどまっていた。あるいは、カラヴィア公騎士団にも多少の動きがはじまっているのではないか、そしてそれは必ずしもレムス軍に有利なものではないのではないか、それゆえ、クリスタルに迫っているカラヴィア騎士団への対応もあって、レムス軍はあまり大勢をダーナム戦線に投入することも出来ず、そもそもクリスタルからあまり主力が離れてしまうことも出来ないのではないか、というのが、グインのひそかな読みであった。カラヴィア公へのリンダの親書がどのような効果をもたらすものか、それがおおいに気になるところであった――戦場のなかをくぐりぬけて、さらに敵地をぬけてカラヴィア公の陣までたどりつかねばならぬのだ。

密使は、何組かにわけて派遣されたが、相手に大魔道師がうしろだてになっていることを考えると、そのいずれもがカラヴィア公の手もとに到着しない可能性もある。グインはさらに何回かにわけてもういちどカラヴィア公への使者を出発させた。午後になって、ゼノン軍の先鋒が歓声をあげながら、エルファとシュクの真ん中あたりでグイン軍に追いついた。呆れたことに先鋒軍を率いているのはゼノン当人であった。

「お約束の、定時連絡がとどこおったので」

怒れるものなら怒ってみろ、といいたげに、ゼノンのようすはあからさまに意気揚々としていた。ここまで来てしまえばこちらのものだぞ、と言いたげである。

「それで、国王陛下のお身を案じて追っかけてまいりました。……しかし、結果的には、ご命令を頂戴するより早く動き出したことが、すみやかに合流できることにつながりましたようで、まずは恐悦至極」

「なにが、恐悦至極だ。この」

グインはいったん行軍の歩みをとめ、小休止させた軍勢のなかで、若くたくましい金犬将軍を迎えて笑い出した。

「云うことをきかぬやつらだ。どうせ、ディモスもあとから追いかけてくるのだろう」

「それはそうです。しかし、ディモス侯は、いちおう、ワルドとの連絡をあまりとれないようになってもあいだに敵軍に割り込まれてしまうだろうとご心配で、国境にサルデス騎士団をおいてみあとを慕って合流したいと、一応、シュク郊外のパロ国境でご命令をお待ちいたしております」

「ディモスのほうがまだしも大人しいというわけだな。見ればわかることだが」

グインは笑った。

「まあいい。サルデス騎士団をおいて、ということは、ワルスタット騎士団は、ディモスが率いてきたいということだな。トールはどうした」

「トール将軍も、パロ国境でご命令をお待ちしておりますが……ここまできたら、もう全軍合流してもよろしいのではないかという御伝言をもってまいりました」

エルファのしずかな、日頃あまりそうにぎやかでもない宿場の郊外は、一瞬にして、ものものしい犬の頭のかたちのかぶとをかぶり、ぶこつなよろいをつけた金犬騎士団の一万の兵士の群れで埋まった。エルファの住民たちはとっくに、この情報をきいて、エルファ近在から避難できるものは避難してしまっており、ことに女子供や老人はみな、戦闘地帯になっているイーラ湖側をよけて、自由国境に近い山岳部の小さな村々のほうへ避難したもようであった。エルファの砦の守備部隊は、エルファ砦駐留守備隊長オドネスの名によってグイン軍に協力の意志を伝えてきた。かれらによれば、エルファは古来ダーナムと深い関係にあり、ダーナムへの同胞たるレムス軍の攻撃に非常に心をいためていた。その同胞どうしのむざんな戦闘を停止させてくれる可能性をもっての、平和の使者ケイロニア軍のおいでを歓迎し、全面的な協力をもってお迎えしたい、というのがエルファの意志であった。ひきつづいてエルファの市長、そして守備隊長、ギルド長らがおっかなびっくりのていでグイン軍の司令部に表敬にあらわれ、食料の提供と、掠奪防止の哀願、そしてふたたび協力の約束をくりかえした。

ゼノン軍と合流し、ようやく一万一千にふくれあがったグイン軍の、《竜の歯部隊》の精鋭たちもさすがにほっとしたようすであった。ゼノンの動きが非常に素早かったし、おそらくは、こちらに報告があるよりずっと先にゼノンが先発部隊をひきいて進発していたので、予想していたよりも、ゼノンの到着はまる一日以上早かったのだ。まだ、主力はこれからシュク郊外を通り抜けるところであったが、シュクが、一千の《竜の歯部隊》をああして看過した以上、一万の金犬騎士団の主力にわずかばかりの砦の守護兵でかかってくるとは考えられなかったし、クリスタルの目がシュクに向いていないことはもうはっきりしていた。それにひきつづいてワルスタット侯騎士団もトールひきいる黒竜騎士団もあすかあさってじゅうには合流することになるだろう。

エルファの協力は貴重であった。グインはリンダに依頼してエルファのおもだったひとびととの会見を要請し、さらに神聖パロ王国王妃の名において、エルファの全面的な協力をとりつけるようにさせた。エルファにはもとより異存はなかったし、むしろ、エルファの市長たちは、リンダ王妃との対面に非常な感動を覚えたようであった。そろそろ底をつきかけていたグイン軍の糧食も、エルファからの協力でふたたびゆたかになったし、あとからやってきたゼノン軍の一万のほうは、ワルドから国境をこえていまだ一日二日というところなので、用意の糧食もふんだんだったし、何の疲れの気配もみせていなかった。どこからみてもそれはいかにも世界最強の軍勢であった。

エルファが神聖パロ側にくみすることを明らかにしたので、エルファを迂回する必要がなくなったことも、グインにとっては非常にありがたいなりゆきであった。といって、それはまあ、《手間がはぶけて助かる》というていどのものではあったには違いないが。エルファの住人にあまり負担をかけすぎぬよう、グインはエルファの宿内に入ることは避け、一万の軍勢の大半は郊外に駐留させたが、エルファからはひきつづき、馬の提供や天幕、また幹部たちとリンダ王妃への宿泊設備の提供などが丁重に申し入れられて、ありがたく受け入れられた。

「ずいぶん、協力的なものでありますね」

ゼノンはめんくらったようすであった。それも無理はなかった——とにかく、グインが敵地で孤立していることと、一刻も早くいって敬愛する国王を助けなくてはならないといきおいこんで国境をこえて、一応は敵国であろうと思われる領内に進出してきたのだ。いつでも、攻撃されればただちに応じるだけの態勢と心構えをもって、緊張して街道を南下してきたものが、国王と合流してみると、エルファの人々はこれほどに協力的、というか、むしろ「味方の軍勢の到着」という非常に感動的なとらえかたをしているようだし、しかもどうしてそういうことになったのかもよくわからぬ、神聖パロ王国の王妃リンダが同行している、という事態が展開している。ゼノンが予想していた情勢とはまるで違っているのだ。

「おそらく、レムス政府に対しては、どの地方都市も、それほどにかたい忠誠を抱いているというわけではなかったということだな」

グインは皮肉な笑いをうかべてゼノンの疑惑に答えた。

「むろん、それが唯一のパロの政権であるうちにおいては、忠実なパロ国民として、何も叛旗をひるがえすような理由はもっておらなかっただろうが、じっさいにこうして、アルド・ナリスのパロとレムスのパロに二分されてみると――シュクにせよ、エルファにせよ、レムス政府にしたがっていたのはただ、軍事的に逆らえないから、というだけの理由で――いずれにせよ、同じパロ聖王家から出た正当な支配者である、ということはこのばあい、確かなことで――片方が簒奪者、れっきとした秩序紊乱者である、ということではないからな。……それにどうも、アルド・ナリス王はともかくとして、リンダ王妃自身に相当な声望というか、パロの国民たちの圧倒的な支持があるようだ。これはエルファの人々のようすをみても明らかだ。――いや、ナリス王についても、それこそダーナムが、場所的にはあれだけクリスタルに近く、クリスタルにそむけば存亡が危機にさらされることははっきりとわかっていながら、あえてナリス王の味方となって、ナリス王一行をカレニアに落とそうとして、いまのこの戦いをひきよせることになった、というのは――つまりは、実際には、パロの国民の真意はかなりの部分――」

「カレニア政権の側を正当と認めている、ということですか」

ゼノンは青い目をまるくした。グインはうなづいた。

「カレニア政府は、リンダ王妃のせいでかなり得をしているようだ。レムス王対ナリス王、という立場でいうとともかく、あのエルファの歯ごたえをみていると、結局のところ、骨肉のむざんなあらそいのさなかで苦しんでいる、レムス王の姉でありナリス王の妻である、というところでリンダ王妃に非常に同情と共感が集まっているということのようだな」

「なるほど……」

ゼノンはしきりとうなづいた。

そうするあいだにもダーナムの戦線からの報告が、刻々と伝わってくる。ダーナムではもはや、激しい戦闘は終結しているようであった。

4

ゼノン軍と合流し、後続のディモス軍、トール軍はいったんエルファを目指せ、という命令を出しておいてから、グインは一気にふくれあがった自軍をひきいてエルファを出た。ともかくもリンダ王妃を安全にカレニア政府の勢力圏内に送り届けなくてはならぬ——マルガのヴァレリウスからは、すでに、グインが出した密使によってリンダの奪還が知らされ、それに対する熱烈な感謝と歓迎の返事が届いていた。ヴァレリウス側からも兵を出して、サラミス街道をのぼり、王妃の迎え入れのため、五百の兵がマルガをたってサラミスへ向かうという報告がもたらされた。いまのマルガ政府がそちらに割けるのはそれが限度であるようだった。

だが、そのようにして事態はあちこちで一気に、大幅な展開のときを迎えようとしている——ダーナムではイシュトヴァーン軍がほぼ制圧し、クリスタル軍は一応まだ前線に兵をおいてはいるものの、勇猛なイシュトヴァーン軍にこれ以上たちむかう気力を喪っているようだった。ベック軍はクリスタルにひきあげに入り、それと交替したタラントひきいる国王騎士団は、じっさいにはダーナムをではなく、グイン軍の動きと、リンダのマルガ入りを阻止する方向に動こうとしているようにみえる。グインの動きだしによって、パロ国内の情勢は一気にすべての場所で大きく動き出している。

「もっとも、ひとつだけ非常に心配なのはな」

グインは行軍のあいだに、しばしの休憩をとるときにあらたな斥候の報告を得て、あわただしく開かれた軍議の席で皆に云った。

「ダーナムを制圧したイシュトヴァーン軍が、まあしばらくは態勢をととのえるべくダーナムにとどまると考えるのが普通だが、なにせ相手はイシュトヴァーンだけに、一気にそのままマルガへ下る行動をおこされると――俺はそれもあって、実は一刻も早く、先にサラミスに入っておきたいのだ」

「はあー」

「いまの段階ではまだ、ゴーラとの全面衝突はできれば避けたい。ことにどちらも出先のいくさではあるしな。だが、ことに避けたいのは、その衝突のきっかけにマルガをまきこむことだ。――マルガはいま、ダーナムにも兵をさき、リンダを迎えにももともとぼしい兵を無理してさいている、いまもし俺がイシュトヴァーンなら……」

「はい」

「どのようなことをしてでも夜を日に継いでマルガに入るだろうな。イシュトヴァーンは、三万の軍勢をひきいているとはいえ、自分の国を遠くはなれ、さらにはあいつのことだから、補給線だの、おのれの退路だの援軍のくる道の確保などということについては、ほとんど何も考えていないままでがむしゃらにパロ国内へ進出してきているのだろう、われわれと違ってな。それに、まあダーナムでは一応全滅を救ってくれたという恩義を感じてゴーラ軍には親切に対応するだろうが、ダーナムそのものが長いあいだの交戦状態で疲弊しきっていることでもあり、それほど長期間はそれだけの大軍を面倒をみていることはできないだろう。となると、どちらにせよ、イシュトヴァーンはかなり早いうちにダーナムを動かなくてはならない」

「はあ」

「そうでございますね」

「三万だけでは、いずれは人員ならいくらでも補給のきくクリスタル軍にぶつかれば限界がきますから――いかに勇猛といったところで」

「それに相手はただの軍勢ではない、ゴーラ軍やわれわれにはよくわからぬ例の魔道師というものをしたがえた魔道の王国の軍勢だ。……それを考えると、どう出るかもうひとつわからないと思って用心しておいたほうがいい。通常のいくさと考えると相手を間違えることになるだろう」

「はあ……」

「だがそれについてはまだおそらくイシュトヴァーン軍はぶつかっておらぬゆえ、まったく実感はあるまい。——いや、俺の知らぬところでもうすでに魔道の攻撃ははじまっている可能性もなくはないが……」

後半はひとりごとのようなつぶやきであった。ゼノンたちはなんとなくぎょっとしてグインを見、おのれらのまわりにもすでにそういう攻撃が隠れているのではないのかというように思わずあたりを見回した。

「それにイシュトヴァーンが一番気にかけているのは、そんなわけで、ここまで深くパロ国内に進出してきてそこで完全に孤立してしまうことではあるだろう。だから……」

「はい」

「俺がイシュトヴァーンなら、とにかくなにがあろうと、ダーナムを守って取り返してやった、全滅の危機から救った、という恩義を手土産に、なるべく早くマルガに入り、マルガの神聖パロ政権の感謝と同盟の約束をとりつけないことには、いてもたってもおられぬだろうと思うのだな」

「ああー……」

ガウスは首をふった。

「そうでございますね……」

「マルガに入ってさえしまえば、もうこちらのものだ——と俺がイシュトヴァーンなら思うだろう。いまはもうおそらく、グイン軍がリンダ王妃をともなってマルガを目指しているということもイシュトヴァーンの耳には入っているはずだ。俺が必ずしもゴーラに対して共感と親近感を抱いているわけでもないということも、あちらには伝わっているだろう——となれば、もしも俺が先にサラミスからマルガに入り、ナリス王の同意をとりつけ、ケイロニアがマルガ政府を守ってともに戦うということになった場合、うまくそれと同盟を結べればまだよし、もしそうでなければ、最悪の場合にはそれこそ体の不自由なナリス王を人質にとってでも、おのれの身を守ることができるからな」

「ナリス王を人質にとって！」

驚いてゼノンが叫んだ。

「いくらなんでもそんなことは！　それでは、まともな軍隊だの、国王とはとても云えない、ただのごろつきか、野盗ではありませんか！」

「だが、彼は、もともと赤い街道の盗賊だったのだぞ、ゼノン」

グインは低く笑った。

「だからこそ、俺はお前には、イシュトヴァーンのような相手との戦いかた、対処のしかたも覚えておいてもらう必要があると考えるのだ。——もしも俺がゴーラ軍と同盟するならばマルガ政府への助力は断る、という態度を打ち出した場合、もっとも困るのは、俺のもとにリンダ王妃がいて、そしてナリス王を人質にとられた格好になってしまうヴアレリウス宰相だろう。また、レムスはそれこそその機に乗じようと思うだろう。まあ、俺はそうならぬために、イシュトヴァーンよりも早くサラミスに入り、ヴァレリウスと連絡をとり、早いところナリス王をマルガからサラミスなりカレニアなり、もっと軍事的な拠点にむいたところへ移動させてやる手伝いをしたいと思っているわけだ」

「はあ……」

「本当のところヴァレリウスも認めていたが、マルガ政権は、イシュトヴァーンの助力はうけたくないのだ。それは、世界にたいしてあまりにも負の印象を与えすぎる——これまでゴーラ王となるがためにイシュトヴァーンが重ねてきた行為そのものが、イシュトヴァーンを血塗られた殺人王にしている。それと手をくむことは、ただでさえ反逆者、という目で見られている部分が不利のあるマルガ政権をますます不利にする。……パロ国民と、そしてほかの——沿海州や草原諸国などに対してだな。またクムもだ。だが、いまのマルガは武力的にはきわめて貧弱だ。だからこそケイロニアなりほかの国の援護を受けなくてはどうにもならない状態であるわけだしな。……だから、何があろうとヴァレリウスはゴーラの援護は受けたくない。だが、マルガに入られてしまえばあちらはどうしようもなくなる。また、逆にここまできてしまえば、イシュトヴァーンのほうも、もうマルガを援助する、というかたちをとれないかぎり、パロのなかでいたずらに孤立した侵略者にしかすぎなくなってしまう」

「ということは、陛下ご自身のご決断としては、何があろうと、たとえ情勢がどうなろうと、ゴーラと——と申しますか、イシュトヴァーン王と手をむすばれるお気持ちはない、と」

思わず、ガウスは確かめた。グインはゆっくりと、だがきわめてはっきりとうなづいた。

「ない。俺はイシュトヴァーンとは、何があろうともはや決して手を組んでともに敵にあたることはないだろう」

「それは、やはりあの、ユラニアでの非道やモンゴールでの虐殺のためで……それが国際世論から批判されているためで……？」

「それもなくはないが」

グインは云った。

「だがそれよりも——俺にはいくつかの信条がある。それを破ったことはこれまでないし、そして、それらの信条をそうやって守ってきたことによって、俺は神々に守ってもらえたのだと思っている。……その信条に抵触する行為は俺はしない。このたびの信条というのは、こうだ。裏切られないためには、裏切る可能性のある相手を信じないことだ。……イシュトヴァーンは、どのような相手をでも裏切る可能性を持っている、それはこれまでの彼の行動がそれを証明している。そうであるかぎり、俺は、むしろ、相手に対して俺が怒ったり、裏切られたといううらみを持たないですむために、そういう相手とは、手を結ぶことそのものを避けるのだ」

「ああ――……」

ゼノンはすっかり感心したようにいくたびもうなづいた。

「まったくそのとおりでございます。なるほど……！　やはり、陛下のおおせになることはいつも私どもには……」

「まあ、だが」

グインはゼノンの手放しの礼賛をそれとなくさえぎった。

「だからといって、ヴァレリウス宰相を困らせて窮地に追い込むのは気の毒だからな。だからこそ、早くマルガに入って決着をつけてしまわねばならぬ。俺の軍がマルガにいれば、イシュトヴァーン軍は、味方としてマルガに承認されることなしには、マルガに近づくことはできなくなる」

「でも、そうしたら……イシュトヴァーン王はどうするのでしょうね」

ルナスがちょっと気の毒そうな顔をしていった。

「そのばあい、もう、まさかレムス軍につくこともできませんし、ここからユラニアに戻るにはまたそのレムス軍の勢力圏を突っ切ってゆくか、さもなければ国境を出て大回りするしかないという、ずいぶんと窮地にたたされてしまうのではないでしょうか？」

「それはしかし、まあ云ってしまうならば自業自得というものだ」

彼としてはいくぶんひややかにグインは答えた。

「いやしくもあれだけの軍勢をひきいて他国に侵入してこようというのに、そのさきのことをあれだけ何も考えないでただ突進してくる指揮官などというものは、あってよいものではない——それに率いられてくる兵士のほうはたまったものではない。よしんばそれでイシュトヴァーンがパロ国内で立ち往生しようとも、それはまたそれで当人の考えなしとゆきあたりばったりの結果ということで、しかたないだろうさ。そうやって困って、そして切り抜けてゆけれれば少しは知恵もつくかもしれんしな。——まあ、あの男に関するかぎりは、切り抜けるだけはなんとか切り抜けるが、それを何ひとつ経験としては学ばなかった、ということになっても俺はそれほど驚かぬが」

行軍は、さほど狂ったように急がされるというわけでもなかったが、しかし着実なペースで赤い街道をはせ下り、そしてサラミスへとむかっていた。このあたりはもう、完全にナリス王の勢力範囲に入っている。リンダのすすめによって、グインはケイロニアの旗と紋章をとりださせ、各部隊にそれを用いさせたので、ふたたび、かれらの行軍は威風堂々たるケイロニアの旗さしものをおしたてたものになった。

もはやすでに、イラス平野のゆたかな農耕地に暮らすパロのひとびとには、ことのなりゆきはすべて伝わっている。ダーナムから以南はしだいにマルガ勢力がひろがっていて、アラインより東と北のほうは別だが、ダーナムから南と西にかけてはほぼ完全にカレニア政府の側に忠誠を誓い直している、というのが、斥候のもたらした情報だった。

イラス平野には、二本の——マルガ街道とサラミス街道の二本の主要街道を中心として網の目のようにこまかい街道がはりめぐらされ、その要所要所にびっしりと小さな村落、かなり大きな都市、その中間程度の町々がひろがっている。川があらわれ、ゆるやかな丘陵があらわれ、ゆたかな沃野があらわれる。豊かで肥沃な国パロのなかでももっとも穀倉地帯として恵まれたこのあたりは人口も多く、ただ大きな都市にはならずに、せいぜいが街道ぞいにいくつかの宿場として発達した小都市があるくらいだ。

グイン軍はさらに、リンダ王妃を象徴する、マウリアの花をぬいとった旗を先頭にかかげ、この行軍がリンダ王妃を護送するものであることを明らかにした。エルファを出立するとき、忠実なエルファの町びとが、リンダのための御用馬車を用意し、さらにそれにたてる王妃の旗をも用意してくれたのである。それをみると、街道筋のものたちは飛びだしてきて忠誠を誓い、ひざまづき、あるいは手をふって歓呼の声をあげた。じっさい、リンダを救出したことが知れ渡ってからはすべてのパロの国民が圧倒的な忠誠をあらわにして、ケイロニア軍の便宜のために尽くし始めた感があった——それは、グインのいうとおり、内紛で二つに割れてしまったパロ王家のなかで、いまやリンダがもっとも人望をあつめ、一番純粋な意味でパロ国民にとって平和と忠誠の象徴である、という事実をはっきりとケイロニアの騎士たちにも感じさせた。かれらは何の妨害にも敵にもあわずに道をすすめていた。エルファからサラミスまではゆっくり下れば三、四日かかりそうな道のりだったし、リンダを連れていると、それほどの強行軍というわけにもゆかなかったが、しかしゆくさきざきで妨害にあわなくてはならぬであろうイシュトヴァーン軍に比べれば、この競争はグイン軍にとってかなり有利であることも明らかであった。イシュトヴァーン軍のほうは斥候の報告によると、ダーナムでまだぐずぐずしていた——というよりも、タラント軍がもしもイシュトヴァーンが動き出せばそれをさまたげ、赤い街道を封鎖しようとする動きを見せていたので、なかなかダーナムを出立できなかったのである。それに、ダーナムはさんざんつづいた戦火にすっかり荒らされてしまったあとで、あらたに迎えた三万の軍勢に、全滅の危機を救われたことは確かであったが、それでいくさで荒れ果て、疲弊しきったダーナムには逆に、三万の部隊を受け入れるのは相当に負担が大きいであろうことも容易に想像がついた。

だが、いまのところイシュトヴァーンはパロ国民の反発を考えて掠奪はおさえさせている、というのがグインの斥候の報告であったが、もしもこのまま本当に糧食や武器が足りなくなり、兵士たちが飢えてくれれば、当然どうやってでもおのれの軍隊を養うための強硬手段に出なくてはならないだろう。その意味でも本当はイシュトヴァーン軍も早くダーナムを出てマルガに向かいたいのだ。イシュトヴァーンがどれほど苛立っているであろうかはイシュトヴァーンを知っているグインには手にとるようにわかった。本来ならば、ダーナムを救い、そしてカレニア政権にくみするパロ国民たちの歓呼の声をあびて意気揚々とイラス平野を南下し、ナリスの救い主として大歓迎されてマルガに入るのはゴーラ軍のはずであると、かれらは思っていただろうし、それが、イシュトヴァーンのもくろみでもあったはずだ。

が、タラント軍はダーナムで動きをとめていた——それを見る限りでは、レムスはいったん血相をかえてリンダ奪還の兵を出したものの、それがイシュトヴァーン軍にさまたげられそうなことも知り、またダーナムを迂回しているあいだにさらにグイン軍が確実にナリス軍に近づくであろうことも計算して、どうやら、リンダの奪還を断念しはじめたらしく見える。タラントは間違いなくその命令を受けて動き出したはずだったが、それきりダーナムで動かなくなっている。それはおそらく、グイン軍にゼノンの一万が合流し、さらにエルファがカレニア側に寝返り、そしてそれによってシュク－エルファ間が完全にカレニア政府の勢力圏となって、そこを通過して、次々とケイロニア軍がパロ国内に入ってきている、という情報を得たことも当然関係があるに違いない。ともかく基礎的な武力でひけをとっているパロ軍にとっては、世界最強を誇るケイロニア軍を圧倒するには数で数倍している以外に見込みはなく、グイン軍が精鋭とはいえ一千のみと思えばこそ追撃にかかったものが、一万のゼノン軍が加わり、さらにそこにディモス軍、トール軍が合流してしまえば、いま出撃している二万前後のタラント軍だけではとても太刀打ちできぬ。それを考えて、おそらく、レムスはタラントをグインにさしむけることを手控えているのだろう。

だが、レムスとてもこのままですませるわけにはゆかぬだろう——それはグインの予想だった。レムスはよしんば、その危険を考えて兵をひく方向だったとしても、そのうしろにいるヤンダル・ゾッグはとてもそれをうべなうとは思えない。いまだにヤンダル・ゾッグはどうしてもアルド・ナリス自身の身柄を手にいれ、古代機械の謎をとき、中原を自由に制圧できる力を手にしようとあがいているのだ。いまとなってはそれは、ナリスだけではなく、同じく古代機械をあやつれるのだということがわかったグインであってもかまわない、という趣旨に変貌しているではあろうが。

ともあれ、情勢が刻一刻うつりかわり、またあらたな段階に入ろうとしているのは確かであった。

「イシュトヴァーン軍が、半数を対タラント軍にダーナムに残し、残り半分が、マルガ街道を南下を開始しました。目的地は当然マルガと思われます」

斥候の報告があいついだ。

「タラント軍はさらにクリスタルからの援軍を受けて、これも兵をわけて残留のゴーラ軍を牽制する部隊と、そしてもう一隊はアライン側に向かっているようです。おそらくは、イシュトヴァーンの制圧下に入ったダーナムを奪還するために時間をつかうのをやめ、イシュトヴァーンの南下を防ぐべく、アラインから脇街道を使ってマルガ街道に入り、イシュトヴァーン軍のマルガ入りを阻止するつもりかと思われます」

「ダーナム駐留のカレニア兵をひきいていたパロのルナン侯は、さいごのダーナム攻防戦で軽傷ですが負傷され、その治療のために、とりあえずエルファへむかって数百の兵をひきいて出発しました。ダーナムの守備は、とりあえず残っているゴーラ軍——それを率いてるのはリー・ムー将軍という若い将軍のようですが、それが引き受けている格好になっているようです。……ダーナムはかなり荒廃してしまっているので、まだ避難した住民たちも大半は帰ってきておらず、ダーナムそのものがまるでゴーラ兵の町と化している感があり、ルナン侯はおそらく、それでかえってダーナムを避けてエルファに出たようです」

「クリスタルの郊外に迫っていたカラヴィア公騎士団は、レムス政権に対して、公息アドリアン子爵を即刻返却するか、それともカラヴィア公騎士団の攻撃を受けるか、という最後通牒を突きつけました!」

さいごの知らせは、リンダをも含めて、行軍の最中のグインたちを「ついに!」というおどろきにまきこんだ。ずっと、愛息を人質にとられたかっこうで、なんとかしてどちらにつくという返事をもひきのばし、行動に出ないで逃げ回るようなかっこうになっていたカラヴィア公アドロンが、ついに腹を決めたのだ。

「これは、リンダ陛下の親書のせいでしょうか？」

ゼノンが興奮して問うたが、それはグインにもはっきりとは答えられなかった。アドロンからの返書はきていない。だが、ついに、パロの軍事力の非常に大きな部分をしめているカラヴィア騎士団が、カレニア政府につくとはいわぬまでも、アドリアンを返さぬかぎり、レムス・パロに敵対するぞ、という姿勢をあからさまにしたことは動かしようのない事実であった。

「カラヴィア騎士団約三万五千は、クリスタルの東側郊外、ミーアの町に陣をしき、レムス王よりの最終回答を待っています。……さらに、もしも得心のゆく回答が得られない場合には、即刻クリスタル市に攻め入るだろう、という通告がなされたようです。クリスタル・パレスにはそれ以来非常にあわただしい動きがあり、アムブラから東クリスタルにかけて、警備が強化され、《竜の門》がひきいているパロ騎士団が数千、カラヴィア騎士団の攻撃にそなえるためでしょう、東クリスタル市門をかためはじめました」

「ひきつづきご報告であります。カラヴィア公アドロンのその要求に対して、レムス王は公的な返答の使者を送り、アドリアン子爵は拘束しているわけではなく、御自分の自由意志でクリスタル・パレスに滞在しておられるだけである、そのことを子爵当人よりご確認いただくため、カラヴィア公との対面を設定したい、と申し入れたようです」

「なるほどな」

グインは鼻で笑ったが、しかし、その報告をきいたリンダははっと恐しい可能性に思いあたっておもてをこわばらせた。

「グイン、それはもしかして……まさか、あのままアドリアンはまたレムスの手中におちて……ねえ、グイン、アドリアンはあの恐しいゾンビーにされてしまったのではないんでしょうね？　そんな恐しいこと……」

「それはわからん」

グインはうっそりと答えた。

「その可能性は当然あるだろうし、もしもアドリアンが本当のことを云うと思ったらいかにレムスでもカラヴィア公との対面などということはさせようとせぬだろう。——あの少年はなかなか、拷問やおどしに屈してレムスのいうなりになるような少年には見えなかったしな。……だが、あちらにはヤンダル・ゾッグもいれば、レムスとても多少の魔道の手は覚えているようだ。確かに、アドリアンが操られるようになってしまった可能性というのはあるだろうな」

「まあ！」

リンダは青ざめた。

「あのとき、置いていってしまったためにアドリアンがもしもそんなことになってしまったというのなら――私は決して自分が許せないわ。ああ、だけれど、どうしたらいいのかしら！　事情はアドロンにはみな親書で書いてあるのだし、いまからではもう私がアドロンに直接説明するためにそちらに向かうこともできないし――」

「アドロン公が馬鹿でなければ、あるいは本当に息子を愛していれば、当人を見たときにそれが操られている人形か、ゾンビーかくらいわかるだろう」

グインは肩をすくめた。

「いまはもう、そちらはかれら自身の運命にまかせておくしかない。それよりも、伝令によれば明日の午後にはもう、ヴァレリウスの迎えの軍とわれらの軍はサラミスの北で出会えるはずだ。最悪いまさらカラヴィア軍がレムス軍についたとしても、もうあとにはひけん。とにかくマルガだ――すべてはそのあとだな」

第二話　闇への進軍

1

「陛下！」

小姓の悲鳴に近い声に、イシュトヴァーンははっと飛び起きて、それと同時に反射的にかたわらにたてかけてあった愛剣をひっつかんでいた。ちゃんと横になっていたわけではなく、ほんのしばし、毛皮にくるまって仮眠をとっていたのだ。

「どうした！」

ダーナムの南、まだダーナム圏内の、マルガ街道の小さな宿場、ヤルナの周辺である。ダーナムからどうやらレムス軍が撤退し、当座ダーナムは守られた、という情勢になって、一応、その後まだダーナムの東、クリスタル寄りのイーラ湖畔にレムス軍が居残ってはいるものの、いったんはダーナムには平和――といっては言い過ぎながら、ひとときのやすらぎが訪れている。

もっとも町は、半月以上のあいだ、ずっと戦火にさらされ、何回かは陥落の危機にひんしてそのたびに多くの死傷者が出たり、被害が出たのだ。もう、かつての平和な小さな町のおもかげはないくらいに荒れ果てている。ダーナムの外側が直接の激戦地になったので、町の一番東はずれに土嚢やありったけの家具などを持ち出しての臨時の塹壕がきずかれ、防衛線が張られ、町の人々は女子供と老人、病人などをみなエルファやもっと遠いムナムあたりへ避難させ、残った男たちと、その身のまわりの世話や看病をするためにあえて残った勇敢な女たちはみな、ナリス王のためにいのちをおとす覚悟をかためていた。ダーナム駐留部隊はもともと数も少なく、そこにカレニア政府からの援軍が到着していっときは大歓声で迎えられたものの、それは期待したような人数ではなく、ほとんど、カレニアからの感謝の気持ちを示すだけの役にしかたたないくらいだった。だが、戦さはとかく、攻める側よりも守る側に有利である。ことに、攻める側のベック公軍が、何回も降伏の勧告をしてきて、そのたびに兵をひいて降伏を待っている姿勢を見せていたので、一気に総力をもって攻め滅ぼされればおそらくはひとたまりもなかったであろうが、さいわいにしてダーナムは毎回、致命傷をうけるにはいたらなかった。むろん、それは同胞を攻撃する、ということへの、ベック公軍のためらいも大きく関与していただろう。

そして、イシュトヴァーンはそこに大軍をひきいて乗り込んできて、いわばあっという間にベック公をイーラ湖畔まで退かせ、ダーナムの命運をつないだ立て役者、救世主ということになったわけだったが——

しかしどうも、イシュトヴァーンは、ダーナムからベック公軍を退かせ、ダーナムに入って以来ずっと、ということはこの一日二日ではあったのだが、奇妙な割り切れなさのようなものを感じ続けていたのだった。——それは、(俺の想像していたのは、こんなんじゃなかったんだがな……) というような。

だったら何を想像して、予期して、期待していたのか、といわれれば、彼にもうまく説明のしようはないのだが——

ただ、イシュトヴァーンにしてみれば、颯爽とダーナムの窮地を救い、皆の感謝をあびながら町に乗り込んでゆく英雄、というような漠然たるイメージがあったのは事実である。それは、イシュトヴァーンにとっては、たいへん都合のいい想像であったし、必ずしもダーナムを救ってやろうという内心の動機はそういう人道的なものでばかりはなく——ダーナムを救うことによって、ナリス政権はどうしてもゴーラの恩義を感じざるを得なくなるであろうという打算とか、ただひたすら「そろそろ、戦いたい!」という血に飢えた気分とか、そういうものも十二分にあったのは本当であったが、それはおもてむきには決してあらわされない小昏い衝動ばかりである。

それに、イシュトヴァーンというのは、最初のうちはおのれのなかにあるそういう、決して褒められるものばかりではない衝動を自覚していて、多少のうしろめたさも感じているのだが、そのうちにだんだん、自分をうしろめたく感じることに飽きてきて、最初の最初からそもそも自分はほかにそんな不純な動機など持っていなかったのだ、と自分で信じ込んでいってしまう、そういうところをおおいに持ち合わせた人間であった。だから、ベック公軍を追い払った、たかぶった頭ではなおのこと、おのれの行動についてはもう微塵もそんなあやしげなところや人間くさい動機などなく、もうダーナムに入るころにはひたすら、ダーナムを救って、「運命共同体」であるはずのアルド・ナリスを救ってやりたい、その喜ぶ顔をみたい、というのがその動機であったと思い込んでいたし、それで、ダーナムの人々がどれほど喜んでおのれにひざまづいて感謝するかと思っていたのである。だが、解放され、かなり長くつづいた包囲攻撃で全滅をも覚悟していたダーナムの町に意気揚々と入っていったとき、イシュトヴァーンと彼の軍勢が出会ったのは、やや当惑げな沈黙——というより、むろん、長いたたかいに疲弊しきって、ろくろく口もきけぬくらいに衰弱していたのもそのとおりだったのだが、力なく、歓呼の声をあげることもない、力つきた群衆だったのである。

ダーナムからマルガへの街道はナリス軍によってかろうじて確保されていたので、補給の道が断たれて完全に籠城状態になる、ということはなかったので、兵糧攻めといっても、世のつねの籠城のように陰惨な、それこそ餓死者が続出するような状態になるまではいたっていなかったが、しかしごくごく小さな町であるダーナムにとっては、その戦いそのものがあびせかけた負担以上に、むしろ、その戦いのためにダーナムに入ってきたダルカン軍、ついではそれと交替したルナン軍を受け入れるのそのものがたいへんな出費であった。ダーナムはもともとごくちいさな湖畔のさびれた町にすぎない。静かで、湖の漁業と農業を半々にいとなむ、それほど歴史の重要な個所で登場したこともないようなひっそりとした町だ。当然、それほど町自体の力があるわけでもない。

そこに、突然大量におしよせてきた両軍の軍勢は、幸いにして同国人どうしであったから、おぞましい掠奪や虐殺が展開されたわけではなかったが、それにしてもこの小さな町には身にあまる負担をもたらした。ダルカン軍がかけつけて以来、本当の激突とはとてもいえぬこぜりあいが中心であったとはいえ、本来平和な町のすぐ近くでずっと激しい戦いが続けられ、一段落するたびに死傷者が大量に運びこまれ、病院の設備などもとうてい間に合うものではない。すべての家が病院がわりになり、だが看病する手も薬品も医師もとうてい足りず、しかもどんどん食料やいろいろな物品はつきてゆき——という苦悶のなかにずっといたダーナムにとっては、あらたにあらわれて町を救ってくれたにせよ、あらての三万の軍勢、などというものはただ、恐怖以外の何者でもなかったのだ。

それでも、名だたる流血王イシュトヴァーンの名は鳴り響いていたし、そのうわさに高い残虐さを人々は深く恐れていたから、怒りをかってイシュトヴァーンの虐殺をせっかく戦いから解放されたダーナムの町に招き寄せることの万一にもないよう、必死に歓迎しようとした。だが、ダルカンと交替してかなり長いあいだ戦いの指揮をとっていたルナンはまた、かなりの年輩でもあったし、また実をいうと、一徹者のルナンにとってはイシュトヴァーンのこれまでのさまざまなやりかたは非常に気にそまぬものでもあった。それで、ルナンは、ダーナムからベック公軍をしりぞけ、勝ち誇ってダーナムに入ってきたイシュトヴァーンに、一応かたちばかりの礼をのべるとすぐ、おのれの受けたいささかの傷を口実にして、サラミスへ退いてしまったのである。

これもまたイシュトヴァーンには相当にあてのはずれる話であった。イシュトヴァーンにしてみれば、ダーナムに入り、そこを解放して、ダーナム守護の将軍に満腔の感謝を受けた上でその将軍の案内によってマルガに堂々入城する、という、そういう展開こそ内心予期していたものであったからである。イシュトヴァーンとても、おのれが現在、世界でどのような評判をとっているかは知らぬではない。というより、知らぬままでいようとしても、どうしても、どれほどきくまいとしても、そういううわさ、評判、空気などはいつのまにか何となしに伝わってきてしまうものだ。ひとのおのれを見る目つき、ひそひそとささやきあう空気、などで、敏感なイシュトヴァーンには、おのれがひどく恐れられていること、むしろ嫌悪されているのかもしれない、ということなどすぐわかる。それをはねかえすように彼はいっそう肩をそびやかしていたが、そういうものにはもともとことのほか影響をうけやすいたちである。

（マルガに向かってもし――受け入れてもらえなかったら……）

その心配は、つねに、イシュトヴァーンのなかにひそかに隠れている。だからこそ、ダーナムでまず手柄をたててから、と考えたのだ。

ルナンをむりやりとらえてマルガに案内しろというのもしかしこうなってみれば沽券にかかわる。部下たちの手前、何も心配はいらぬ、おれにさえついてくれば必ずよいようになる、というそぶりを気丈に突っ張りとおしていたが、その内心では、イシュトヴァーンはひそかにあれこれ気をもんだり、おろおろしたり、かんぐったりしていた。また、いまとなってはそういう内心の思いをまっすぐにぶちまけられるあいてといっても、せいぜいがマルコくらいである。いつのまにか、おのれがゴーラ王という、雲の上の存在になってしまっていたことを、イシュトヴァーンはあらためて知ったのだった。

「どうした、何かあったのか」

「は、はい」

小姓はひどくうろたえている。というよりも、イシュトヴァーンが恐しいらしい。このパロ侵攻のあいだには、イシュトヴァーンはそれほど恐しいところを見せているつもりもなかったし、例のタルーの部下たちや、タルーをかくまっていた山村のものたちを皆殺しにしたり、ゾンビーの兵士かと疑って敵兵の死体を切り刻んでみたりしたといっても、それはイシュトヴァーンにしてみれば、ひとつひとつ全部非常に大きな意味や背景のあることだから、それがまさか、全部「殺人王イシュトヴァーン」——血に飢えた、狂暴でおぞましい殺人鬼のイメージにつながって味方たちにさえとらえられていようとは、なかなかに想像がつかない。彼にとっては、それは全部違う意味をもつ行動であったからだ。ただ、このところまた、いっときひたすら崇拝と憧れの側にかたむいていたゴーラ軍の兵士たちの目のなかに、ひそかなおそれや恐怖、畏怖が宿っているような遠さを感じて、それにひそかに苛立ってはいたのだが——

「なんだ、そう、びくつくな」

その苛立ちが荒い声になった。もともとイシュトヴァーンは決して寝起きがそう機嫌のいいほうではない。

「何もしてないのなら、そうひとの顔をみてびくつくんじゃない。何があった、伝令か、報告か、奇襲か。早く云え」

「それがその……」

小姓は唾を飲み込んだ。報告の内容よりも、いまとなってはひたすら、イシュトヴァーンの機嫌が恐ろしくてならない、といいたげなようすである。それにいっそうイシュトヴァーンが苛立ってゆく、それをみていっそう小姓は怯える、という悪循環が、かろうじて、そういう悪い循環は存在していなかった唯一の場所であったゴーラ軍の親衛隊や近習たちのあいだにも、しだいにひろがりはじめている。

「ご、ご、ご報告であります。敵軍がそのう……消滅いたしました!」

「なんだと」

こんどは、イシュトヴァーンは、飛び起きただけではなく、そのまま天幕の外に飛び出してゆきそうなようすになった。天幕の垂れ幕があいて、参謀長のマルコと副官のヤン・インが飛び込んできた。そちらにも報告がいったので、あわてて駆けつけてきたのだろう。

「陛下」

「ああ、いま報告をきいてたところだ」

イシュトヴァーンは仏頂面で云った。

「おい、誰か、酒——いや、熱い茶だ、茶を持ってこい」

「はい、ただいまッ」

あわてて近習がかけてゆく。それを舌打ちしてイシュトヴァーンは見送った。

「気のきかねえやつらだ」

低く罵って、どかりと床几に腰をおろす。ただちに飛び出してゆくような性質の緊急事態ではないらしい、ということが感じ取られたのだ。

「なんだと。もういっぺん、ちゃんとわかるようにいってみろ。敵軍が消滅した、だと。それはどの敵軍のことだ」

「あの——ずっと、ダーナム郊外のクリスタル寄りの湖畔に陣をしいていた……」

「ベック軍のことをいってんじゃねえだろうな」

「ベック公は騎士団をひきいて撤退を開始、すでに昨日のうちにクリスタル圏内に入ったという報告が参っております」

マルコが云った。

「その後、ベック公軍と交替して陣を張っていた総指揮官は一応、タラント聖騎士侯ときいておりますが」

「そうその、タラント軍が、引き上げてしまいました」

小姓は、おろおろしながら二人を見比べた。

「きのうの夜まであった逆茂木もとりはらわれ、陣地はもぬけのからになっております。——全員、夜のあいだに、ひっそりと撤収して、クリスタルの方向に向かったようだという報告が参っております」

「私のところにも最前その同じ報告が参りましたので」

マルコが云った。

「ただちに、いまタラント軍がどのあたりにいるのかこちらからも斥候を出して確認せと命じておきましたが、まだ報告は参っておりません。——もしやして、後ろ側に廻ったり、どこかから奇襲をかけるべくたくらんでの撤収となるとことだと存じましたので。が、いまのところ、そういう動きのほうも逆に、こちらが出している斥候には一切ひっかかっておらぬようです」

「どういうことだ、それは」

イシュトヴァーンはけわしい顔になった。

「新しくついた軍勢ってのとは、俺はまだいっぺんも手合わせしてねえぞ。こぜりあいさえしてねえ。……さいごにベック公軍を敗走させたのがいつだ、おととい か? きのうはいくさらしいいくさはなかった。こぜりあいもなかった。そうだろう」

「はい、ダーナムからルナン侯が引き上げられたあとも、手薄になったと見られて、総攻撃があるのではないかとかなり警戒しておりましたが、夜までずっと、敵軍には何の動きもありませんでした」

ヤン・インがいくぶん頬を紅潮させながらいう。

「わたくしは前線をうけたまわっておりますので……それは確かです。それに撤退の動きらしきものも、夜営の刻限になるまで一切なく……」

ひたすら、かなりはなれたところに陣をしいて、両軍、じっと相手の仕掛けてくるのを待つようににらみあっていた長い一日だったのだ。

そういう待機は、イシュトヴァーンのほうは日頃の気の短さにも似げなく、存外に不得手でない。じっと待って、相手から仕掛けてくるのをどう受けてやろうか、それともこっちからひそかにたくらんで仕掛けてやるか、などなどと考えまわしているのは、イシュトヴァーンにとっては、むしろ一番楽しいゲームのようなものなのだ。何もしないでいるようでいて、実はじっとうずくまって相手の攻撃の気配を待っている獣のように、相手の《気》がどう動くかをかぎわけようと全神経を張りつめさせている——そのような状態だと、何ザンでも、彼は酒一滴飲むどころではなく緊張したまま、彼にとってはもっともここちよい、戦の予感のたかぶりのなかに身を置きつづけていられるのである。

だが、結局、まる一日たっても、相手かたからは、仕掛けてくる気配はまったく動かなかった。

（今日は、様子見か……）

副官としてベック公の陣中にあったタラントがいったんおのれの兵をひきいて戦線をはなれ、どうやらクリスタルに呼び戻されたらしい、という斥候の報告を得たときには、当然、それはあらての軍勢と交替するため、と考えたのだが、次にあらわれたのはまた同じタラントで、だがひきいている軍勢はまったくクリスタルに戻ったときとは人数もようすも違っていた。そして、ひどく特徴的なことに思われたのは、魔道師部隊がどっと増えているのが目についたことだ。遠くからでもそれとわかる、ガーガーのような黒い連中だ。いよいよなにか魔道の王国が仕掛けてくるのかと、イシュトヴァーンなりにひそかに心構えをしていたのだが、それと入れ替わるようにしてベック公が主力をひいて前線からさがってしまったのにかなり拍子抜けした。もっとも、ベック公軍とは何回もぶつかって、相手がイシュトヴァーンにしてみれば話しにならぬ弱敵であることもわかっていたので、それはあとで考えれば当然かもしれぬ、とも思ったのだが。

(あれが、一応まがりなりにもパロでは最強とされている武将の率いる軍勢なら、話にもなんにもならねえ。何十万人あんなやつらがこようと同じことだ、いまの俺の精鋭なら、この三万で、パロ全土だって乗っ取ってしまえらあ……)

何よりも違うのは《気迫》である。いくさに何より必要な気迫を、パロの軍勢はあまりにも欠いているように、イシュトヴァーンの目にはうつる。わっと切り込まれただけで浮き足立ってしまう。そしてもう、いったん浮き足立つととりとめがきかずに、そのまま崩れたってしまう。イシュトヴァーンから云わせれば、こんなのは職業軍人でもなんでもなく、ただの寄せ集めの烏合の衆にすぎぬ。

最初に街道筋でイシュトヴァーン軍を挑発した謎めいた一万ばかりの軍勢、それもどうやらパロ軍だったらしいといまはイシュトヴァーンは思っている。理由は簡単、同じほどに弱く、あっという間に崩れて敗走してしまう弱敵だったからだ。だが、なんでそのような弱敵がそうやって挑発をしかけてきたのかについては、いささか飲み込めぬところもあったが、あるいはこうして自分の軍をパロの国内深くおびき寄せるたくらみだったのだとしたら、そんなものはたいして恐れるにも足りぬとイシュトヴァーンは思っていた。

(あんなやつらなら、何人集まろうと少しも恐れることはない。あんな連中に遅れをとる気遣いは俺にはない……)

むしろ、あの竜頭の怪物たちと出くわしたときにぶつかって、衝突になるのかと見えた瞬間にあざやかにかわして回避していった少数の軍勢、あのほうがはるかにイシュトヴァーンには気になっていた。もっとも、その正体は、その後の報告によって、どうやら、同時期にパロに進出してきていた、ケイロニア王グインの精鋭らしいとわかって、イシュトヴァーンのほうは腑に落ちた気持になっている。

(なるほどな……そうでもなけりゃ……)

どの部隊とぶつかってもパロの兵は同じように弱い。部隊によってほんの多少の強弱の差は感じられるものの、基本となるものが結局のところ、同じように弱い、イシュトヴァーンにいわせれば、殺気を持っていない、というところで共通している。そして、イシュトヴァーンにとっては、殺気のない兵士など、たとえ一万人いようと「俺一人で充分……」というようなものなのだった。

それに比べて、ほんの一瞬通りすがりに出くわしただけだが、グインの手勢のほうは、その人数の少なさにもかかわらず、圧倒的に強烈な印象をイシュトヴァーンに残している。

（さすがだ……）

これまで、あんなに統率のとれた、あんなにまるであれだけの人数がすべて一人の人間でもあるかのようにぴたりと息のあった動きをする軍勢を見たことはなかった。彼が自慢の鍛え抜いたゴーラの精鋭でさえ、くやしいがあそこまではいっていない、と認めざるを得ない。

しかも、それは、ゴーラ軍精鋭のようにむきだしの、荒々しい殺気ではなくて、本当に訓練されつくした職業軍人の底光りするすごみのようなものをはっきりと感じさせた。殺気でかかってくる相手なら殺気で圧倒することができるが、こういう相手はイシュトヴァーンにしてみれば一番やりにくい。むしろこちらが殺気だてば立つほど、相手は冷静になって、ひややかに機械的にこちらの弱点を見透かしてから攻め込んでくる、そしてこちらの殺気が力つきてしまうまで巧妙によけつつ、こちらが疲れたと見た瞬間にいきなりおそるべき闘気をむきだしに一気に襲いかかってくる——そういうパターンがはっきりと目にみえる気がしたのだ。

（ありゃあ、手強いぞ……）

あらためて、グインというのはただものではないのだ、と思った。ケイロニアが世界最強の軍事大国であることも、そしてグインという最高の武将を得ていよいよそれが強化されたということもうわさではかねがねきいている。だがじっさいにぶつかってみるまでは、とうていその実体というのははかり知れるものではない。

だが――

（くそ、時間があれば……一回、やってみたかったな……）

逆に、難敵、大変な手強いあいてである、と知ったときから、イシュトヴァーンのなかに、ひそかな、自分でもあきれるくらい潑剌とした闘志がわきだしはじめている。

（やってみてえな……）

どこまで、通じるものか。

かつて、ひとりの戦士としては、とうていこの男にだけはかなわない、という、絶望感とも口惜しさともつかぬものをまざまざと感じた唯一の相手が、グインだった。おのれの剣技にも戦いかたにも、ときにはどんな裏技をつかってでもとにかく《勝つ》ということについてだけは自信をもっていた《紅の傭兵》イシュトヴァーンが、はじめて、（これは本当にかないようがない。戦士としてのケタがあまりに違いすぎる）と感じた相手だ。

そのときのくやしさはだが、感嘆に変わって、グインに対してはむしろイシュトヴァーンにしてみればたぐいまれな、畏敬の気持がいまも根強く残っている。あれほどの相手がまだこの世のなかにいる、ということは、おのれがむしろ、目標とすべき相手がいる、ということだ。そして、それは個人の戦士としてだけではなくいま、一軍をひきいる将としても、イシュトヴァーンの前にあらわれてきた目標だった。

（だが俺だっていまなら……少しは……いや、まだ駄目か……いや、それでも、少しは……）

やってみたい。

おのれの力、必死にたくわえてきたおのれの力がどこまで通じるものか、それを知りたい、という気持に、からだのしんのほうが危険なうずきにうずきだすような気がする。そのうずうずとする激しい気持、相手を求め、機会を逃がしてしまわないかとおそれ、わくわくする心持ちはほとんど恋情にさえ似ている。

（くそ……あのとき無理にでも仕掛けてやるんだったかな……いや、だが……あんなにあざやかにはずされちゃあな……）

イシュトヴァーンは、グインのことばかり考えているおのれに気づいて苦笑した。

2

「どう、いたしましょう……」

イシュトヴァーンの胸のなかに去来している思いなど、はかり知るすべはない。ヤン・インもマルコも、ほかの隊長たち、伝令のためにひかえている近習たちも、イシュトヴァーンの沈黙をどうとってか、不安そうな顔をして彼を見上げている。この軍勢では、イシュトヴァーンのひと声がなければ何ひとつ動き出さないのだ。あるいはそれが、おのれの軍の最大の弱点かもしれぬ、ということは、イシュトヴァーンはしだいにひそかに感じているが、いまそれを云々している場合ではない。

「どうって、何だよ」

「このあと……どのように——」

「マルガへゆくんだ」

イシュトヴァーンは一瞬もためらったことなどないかのようにあっさりと言い切った。マルコたちのからだから力がぬけた。

「マルガへ……」

「そうだ。もう、ここまで入り込んでしまったんだ。あっちもおいそれとはまた、ゴーラへはかえしてくれねえよ――まあ、帰る気もねえがな。いまはクリスタルに引っ込んだってのは、たぶん、これは……俺らとは関係ねえ事情のせいだ。これはまた、ちょっと斥候のひとつも出してみねえとはっきりしたこたあ云えないが、しかしまず間違いはねえ、この撤退は俺らには関係はねえと俺は読むな」

「そ、そうでしょうか」

イシュトヴァーンが部下たちにあつい信頼と崇拝、軍神としての圧倒的な信用を勝ち得ているのは、むろん目の前で戦うときの勇猛さも大きいが、それよりさらに、情報のきれはしからでも、類推し、組みたてて正しい展開を予期する能力の高さが大きくものをいっている。もともとそういう武将に乏しいゴーラの兵士たちにとってみれば、(この人さえいれば大丈夫だ……)という思いがあったからこそ、こんなところまでついてきたのだ。

「そりゃそうさ」

イシュトヴァーンはそのことをよくわきまえていたし、おのれがただの殺人鬼ではないのだ、ということはおりにふれておのれの部下たちにはことに、強調してゆかなくてはならない、ということもわかっていた。ことに側近たちに対してはその必要性はきわめて高いのだ。

「たぶん、もう、ダーナムは、やつらにとってはそれほどの重要な場所ではなくなったんだ。……本当をいうと、むろんみせしめのために、ナリスさま側についたダーナムを殲滅しなくては次々と小さな町や都市が同じようにあちらに寝返ることになられてはたまらん、というのはあるだろうけどな、そのためにつぎこめる人員や時間がたぶん、ちょっともう見合わないとは思っていたんだよ、やつらは。……それに、見せしめのためといいながら、これはやはり同胞どうしのいくさだ。あまりに、ダーナムに対して非道な殲滅、虐殺などしたら、レムス軍の内部からも反発が出るだろうし、逆に、それで完全にレムス軍のほうが悪党だってことになっちまえば、かえってそれであちら側につい ちまう決意を固める町や村もあるだろうしな」

「あ、はあ……」

「だからおそらく、レムス軍としても、ダーナムは、こらしめなくてはならねえし、しかもこらしめすぎてもいけねえし、あまり時間もとれねえし――ほんとうのところは、適当な撤退の時期を探してたんじゃねえかと俺は思うな。そしてそこに俺がきた。……レムス軍は、それをいいしおに、勇猛なゴーラ軍にぶつかって本当の大敗を喫してしまうおそれを避けたんだと俺は思うね」

「そうでありましょうか」

一瞬、ヤン・インも、もっと若い隊長のマイ・ルンもシン・シンもちょっと自尊心をくすぐられたような顔をする。俺たちはそんなに強いのだ――パロの弱敵にとっては、人数的にはずっと少なくてもそんなにおそれられている存在なのだ、という思いが、若い隊長たちの心をくすぐったようすだ。イシュトヴァーンはにやりと不敵に笑ってみせた。

「だからさ。俺たちは恐れられているんだ。あんな弱敵――それに、たぶんグイン軍の進出で、レムス軍は相当に浮き足立っているんだろう。早急にそれに対応しなくてはならない、ってことで、それもあって、いっせいに兵をひきあげてクリスタルに戻し、態勢の根本的な建て直しをはかったんじゃないかと俺は思う。少なくとも、どこかに兵を伏せていて、俺らの軍勢にまたいきなり襲いかかってくるという、そういう心配はかなり少ないと俺は思うな」

「はあ……」

「だから、いますぐもうダーナムは出発だ。ここにぐずぐずしてたら、態勢をたてなおしたレムス軍がまたダーナムにくりだしてくる可能性もでかい、ここはなんといってもマルガへの分岐点の最大のひとつだからな。だから俺たちはいまのうちにマルガへ下る。そして、マルガ政府と手を結んで――できるものならマルガを助けて……」

いくぶん、イシュトヴァーンの声はこころもとなげに消えた。いまとなってみると、イシュトヴァーン自身も、いくぶん、マルガのおのれに対する親近感について疑惑を抱かざるを得ない部分もなくはない。

だが、かれらの不安をこそ解消してやらねばならぬ立場だ。それをおもてに出すことはとてもできなかった。イシュトヴァーンは、気をとりなおして大きく力強く、確信ありげにうなづいて続けた。

「俺のゴーラ軍とグイン軍が結んで、それがカレニアのナリスさまをお守りすることになったらもう、レムスの餓鬼なんざ、何の手出しもできやしねえ。ただ、泣きながら退却するだけだ。だから、そうなる前にあっちは態勢を立て直してそれを阻止しようとしてあっちも必死だろう。だからとりあえずダーナムからはひいた、ということだと思うぞ。だから、とにかくまずは、もうあと一ザンくらいのうちにはダーナムはたつ。ぐずぐずしてるとグイン軍におくれをとることになる。いいか、すぐに出発のふれをまわすんだ。細かなことはいい——それほど多くもなかったはずだ、負傷者はダーナムあずけにさせてもらう。帰りに拾ってってやるってことでな」

帰り——

帰りとは、ユラニアへ、イシュタールへの帰還にほかならぬ。

（その日は、本当にあるのか？　無事の帰還は、可能なのか？）

一瞬、誰もが思わず、口に出してはならぬ、ならぬと互いに制しあってきたその思いにうたれてしまったかのように、目をちらと見交わし、それからあわてたように目をふせた。意味ありげな沈黙が落ちたが、それは一瞬だった。すぐに、イシュトヴァーンがその沈黙をつきくずすように続けたのだ。

「俺たちだって、いつまでもこんなとこでそうそう時間をくっちゃあいられねえ。俺だってイシュタールを放っておくのはつらいし、本当をいえば、一刻も早く帰りたいくらいなんだからな。だがとにかく乗りかかった船だ。ナリスさまを助けて、マルガ政府を唯一のパロと世界に認めさせる仕事の手伝いをしてやり、レムスの餓鬼をこっぱみじんにして、とっととゴーラへ戻らなくちゃならんのだ。そうだろう」

「ああ……」

「はい、陛下……」

ようやく、人々の顔に、生色が動いた。

「はい、まことに……」

「よし。だったら、ぐずぐずせずに俺のいうとおりにしろ。マルガへ向かうんだ。なるべく早くだ」

「はッ！」

たちまち、隊長たち、伝令たちはわらわらとおのれの部隊へ、あるいは任務をはたしにと飛び出してゆく。イシュトヴァーンは、ひとりになった。

いや、厳密にいえばひとりではなく、当番の小姓と、そしてマルコが残っていた。マルコはいったん、皆と一緒に出ていったのだが、言い残したことがあるといったようすで、そっと一人だけ、戻ってきたのだった。マルコが目顔で合図すると、心得ていそいで小姓は出ていった。

「何だよ」

イシュトヴァーンはけげんそうに眉をよせる。マルコはそっとそのイシュトヴァーンのかたわらに近づき、声を低めた。

「陛下、ひとつだけ、わたくしからの心配ごとというか……お願いを申し上げたいんですが……」

「何だ」

「このようなことを申し上げると、ご不興をかってしまうかもしれませんが……」

「だから、何だよ。はっきりいえ。俺とお前の仲だろう」

「おしかりを覚悟で申し上げますが……」

マルコは腹を決めた様子になった。

「なんだか、私は、気になってたまらんのです。……あの、一万の変な弱い軍勢、あれはおそらくパロの軍だったのは間違いないとしても……あまりにもあっさりと遁走しすぎました。それをおいかけてどんどん我々はパロ領内に深入りし……そしてこんどは、またあっさりとレムス軍がダーナムから撤兵して、それで我々はマルガへ……なんだか、まるで、どんどん奥へ奥へとおびき寄せられているような気はしませんか」

「何だと」

イシュトヴァーンはたちまち険しい顔になった。

「これはみんな、レムスの仕掛けてきた罠だというのか？」

「か、どうかはむろん――私の感じていることだけですから……でも、陛下は……あえてこう申し上げてよろしければ、基本的にしりぞくことはお嫌いなかた、勝機があると思われれば、あるいはまた挑発を受けたと思えば……御自分でどんどん決定して先へ先へと、あとをかえりみることなく進んでゆかれる勇猛なおかたです。どうもその――陛下の勇猛さと負けず嫌いを……敵がたはよく知っていて、そして利用しようとしている――そんな不安がこのあいだからどうにもきざしてならないのですが……」

「………」

「ここまでなら、まだ……万一……こんな縁起でもないことを口にして、こういうさいゆえとお許し願いたいのですが……ダーナムからなら、まだ、なんとか……崩れ立ってもとりあえずパロ国境をこえて落ち延びられます。少なくとも、われらが全員でいのちにかえてお守りすれば、陛下をなんとかゴーラの領内までお落としすることはできると思うのです、ここからなら。シュクの手前からならわけなくできましたし――そのあたりからなら、何の問題もなかったと思います。が、いまはもう、国境とのあいだにイーラ湖があって——それを迂回するか、クリスタルを通過しなくては国境をこえられないのですから、ぐんと……パロ国境の外とのあいだに障壁が多くなっています……そして、このさき、マルガまで下っていったらもう、我々は……なまなかなことでは——パロを出られなくなりましょう……」

「……」

マルコはなかば、話途中でイシュトヴァーンに怒鳴り飛ばされ、もしかしたら鉄拳がとんでくることさえ覚悟して、汗をかきながら喋っていた。だが意外にも、イシュトヴァーンは何ひとつ云わずに、じっとそのマルコの思い詰めた顔を見つめているだけだった。

「そして……そして——もし万一にも、マルガが——我々を受け入れてくれなかった場合には——我等は、完璧に……孤立することとなりましょう……パロ国内で、どこにも味方はなく——いかに勇猛なゴーラ三万の将兵といえども……長引けば疲れも出ましょうし、糧食も……闘志も衰えてまいります……それに——悪くすれば……」

「……」

「本当にこれはかんぐりすぎとお笑いになられるかもしれませんが——あの、タルーの突然の奇襲、あれさえも、私は……案じられてならないのです。……あれがなければ、我々は国境外で、グイン王の軍勢と出あい、そしてその段階でなら、互いに平和裡に話し合って同盟を結び、グイン軍とともにパロへ入ることもできましたでしょう。そうすれば、おそらく——何ひとつわれらの敵たりうるものはなかったはず——まるで、それを知ってのように、陛下にうらみを抱くタルーに軍勢を貸し与え、陛下に攻撃を仕掛けてあの山中にかなり長いあいだ足止めをくわせるようたくらんだものがおりました……そのおかげで、われらのパロ入りは大幅にとどこおり、その間にグイン王が先にパロに入りました……だがそのあとはまるで、おびき寄せているかのように、おかしな軍勢が挑発してきて、我々をどんどん、シュクからダーナムへと深入りさせたのです。まるで——もう、そこに、国境外にわれらをとどめておく必要がなくなったので、いよいよこんどはわれわれの料理にかかるとでも云わぬばかりに——」

「………」

「これは、みな、偶然なのでしょうか？　なんだか、あまりにも……私はパロが魔道の王国であり、レムス王が魔道王である、ということにこだわって、先入観を抱いてしまっているのかもしれませんが、しかし必ずしもそうとばかりは思えません。それに……陛下が、本当に——さきほどおおせになったような、これから先の展開について楽観的な見通しをお持ちだとは、どうもマルコには思えないのです。……おそらく、これまで、ずいぶんとおそばに近くおいていただいて——マルガへの隠密の旅までもご一緒させていただいて、マルコだけは、陛下のまことのご気性やお気持ちを多少なりともわかるようになった、と自負しているせいかもしれないのですが……」

イシュトヴァーンはなおも、何も云わない。ただ黙ってじっとマルコの思慮ぶかい顔を見つめている。マルコは追いすがるように云った。

「陛下。——どうぞ、マルコにだけは本当のところを……いま、何を考えておられるのかを——どうにも、わたくしは不安でなりませんので……こんなに長いあいだ、本国を留守にしてしまうには……それほどいま、ゴーラの情勢が安定しているとも思えませんし、それに——」

「マルコ」

イシュトヴァーンは、ふいに、マルコのことばを断ち切るようにするどく云った。

「ひとつ、きいていいか」

「はい、何をでございますか」

「お前は——いまでも、カメロンの右腕か。お前は、俺の動静をいまだにちくいち、カメロンに報告しているのか」

「はあっ？」

マルコは仰天した。驚愕した目で、イシュトヴァーンを見つめる。だが、そのおだやかなおもてに、やがて血の色がのぼってきた。

「陛下は、わたくしを、そのようにお考えでしたので」

マルコは痛切に云った。

「それで——マルコにもらしたことばは、そのままカメロン宰相に伝わるだろうとお考えになって、お心のうちをあかさぬようにしておいでだったのですか——？」

「馬鹿。早とちりするな、そうじゃない」

イシュトヴァーンは苦笑した。

「第一、俺は——俺はカメロンと俺が敵どうしだなんて考えてない。そうでなくては——カメロンを信頼してなくて、どうしてこんなふうにしてイシュタールをあけられる」

「しかし……」

「俺がそう聞いたのは……いま、もし、カメロンと俺と、どちらを選ぶか、おのれの剣の主としてどちらか一人を選ばなくてはならんとしたらどうする、とそれを知りたかったからだ」

「………」

マルコはしばらく、くちびるをかみしめていた。

それから、おもむろに、ある決意を眉宇にみなぎらせてうなづいた。

「わかりました。それは確かに、陛下にしてみれば——お気になられてもやむをえぬことかもしれません。……では、マルコもおのれのいのちにかえて申し上げます。——もともと、わたくしはドライドン騎士団に属する、カメロン閣下の忠実な部下ではございました。しかしそののち、陛下のおそば仕えとして登用していただき、陛下にひとかたならぬご厚遇をいただきました。――そして、光栄にしてあのマルガ行きへもお供させていただきました。――あれ以来、わたくしは、カメロン宰相ではなく、イシュトヴァーン陛下にいのちを捧げたてまつっております」

「そのことばに、二言はないな」

「ございません。それに、お疑いのような、私がカメロン宰相に陛下の動静をひそかに報告している、というような事実はいっさいございません。……以前は何回か、カメロン閣下がいたく陛下のことを案じておられましたので、何かあったら報告せよと命じられておりましたし、ご報告いたしたこともございました。が、それは陛下のおそばづきになる以前――まだ、カメロン閣下から命じられて陛下のお身のまわりのお世話をさせていただいていたころのことでございます。剣の誓いが必要であれば……」

「いや、いい」

イシュトヴァーンはすばやくさえぎった。

「もうわかった。俺はお前を信じる、マルコ。そういうことならな――俺とお前は海の兄弟の契りもかわしたし、俺はお前を信用してる。ならば、お前が知りたいというのなら お前にはいっとく。……これは、俺がお前に云わなかったのはなにもお前を信用してないからじゃあない。なんといったらいいのか——誰にも、云ってはいけないと思っていたからだ。云っても、いたずらに皆を動揺させるばかりで——ちゃんと、ことが俺の思っているとおりに展開してゆくのなら、皆はそんなことをあらかじめ知っておらぬほうがいいとな……」

「と、申されますと」

マルコのおもてが緊張した。イシュトヴァーンはさらにそのマルコに耳を近くよせるようながした。

「お前のさっきいったようなこと——このまままいったら我々がパロ領内深くで孤立するんじゃないかということ……そして、それが、すべてレムスのさしがね、しかけてきた魔道のワナがらみじゃあねえのか、ということ——それは、俺は、もうとっくにせんから考えていたんだ」

「ああ……やはり……」

「というか——正直のところ、シュクあたりからもう、なんだかこいつはキナくさいぞ、おかしいぞ、どうもあやしいぞ、とずっと考え続けていたよ。——だがその疑問がすべてぽんととけたのは、ついこないだなんだ。つまり——グイン軍がすでにパロ領内に入り、やはりマルガを目指しているという情報をつかんでからだ」

「……」

「俺はこれまでずっと、ナリスさまをお助けする、それだけが俺の目的だ、と皆にいってきた――それに間違いはない、お前はよくよく知ってるとおり、俺はナリスさまと運命共同体だからな」

そのことばを、一瞬、イシュトヴァーンはなんともいえぬ複雑な、にがくさえある微笑をうかべて云った。マルコは息をつめて、イシュトヴァーンを見つめた。

「は――はい……」

「お前は、一番よく知ってるな。お前は俺といっしょにマルガにきて――俺といっしょにあの湖の小島でナリスさまとあの魔道師野郎と面会したんだものな」

「はい……」

「俺は思うんだ……ヴァレリウスは、俺を――ゴーラを切ろうとしてる、とな」

「イシュ――陛下！」

「これは実は、俺はもう、ずっと前から――そもそもナリスさまの旗揚げの話をきいたときから、思ってたことだったんだよ。……だってそうだろう。ナリスさまに、反乱をすすめたのはこの俺だぞ。あの湖の小島で――ともにパロをレムスの手から救い出そう、とだ……そしてナリスさまは、それに説得されて兵をたて、あの不自由なおからだで反乱軍をひきいて――ほんとうにパロをレムスの支配から取り戻すために立たれた。俺はそれにすごく感動したよ。やっぱりすごいかただ、本当になみたいていじゃあないかただと思った」

「……」

「だが……そのあとだ。俺はだんだん、ふしぎな気持になっていった。それは、万事をととのえてたくらんでの謀反じゃあなく、多少なりゆきで追いつめられて謀反になった、というところはあったかもしれないさ。だが、それでも——それならなおのこと、もっと早くに——もっとずっと早くに、ナリスさまから、この俺に対して、援軍の要請と、共闘の申し入れがあって当然じゃないか？ だって、あのときの話じゃあ、俺とナリスさまは——というかゴーラとマルガとは、運命——運命共同体だったんだぜ」

イシュトヴァーンは思わず反射的におのれの首もとに手をやった。マルコはそちらを見て、いそいで目をふせた。そこに下がっている、イシュトヴァーンがかたときもはずさない、ナリスの与えた水晶のペンダントのかがやきが、妙に凶々しく目を射るように感じたのだ。

「運命共同体だとしたら、イシュトヴァーン、お前のすすめどおり私は立ち上がったよ、さあ手をかしておくれ、ってそういうのが、スジってもんだろう。……というか、それが当たり前だろう。俺の力をあてにして、この兵をおこしたと思うのが当然だろう。……だから、俺は感動もしたし、ナリスさまが謀反を起こしたという話をきいたから、すぐに兵をそろえ、いつでもゴーラの総力をあげてパロに進軍できるようにして待ち受けていたんだ」

「……」

「だが——使者はこなかった」

何かぞっとするような——マルコが思わず目をそむけたくなるようなにがにがしい不吉なものを漂わせて、イシュトヴァーンは言い切った。

「俺はずっと待っていた——ナリスさまが、世界各国の強国にこの謀反の正しさを訴え、自分こそ正当なパロ国王であり、レムスはキタイにあやつられている傀儡の王である、という声明書を出して、それを各国の政府に届けさせたという報告もあったし、俺にも——俺は運命共同体なんだから、当然それよりもっとずっと——本当の、なんというのかな、本当の気持ちをあかしてくれる使者なり親書なりが……くるものと——最初にそういう使者が各国に出まわった話をきいたときには、なぜこないのかといえば、それは俺が特別だからだろう、ほかの、それこそクムだのアグラーヤなんかとは立場が違うからだろうと思って——待っていた……」

「陛下……」

「だが、いつまでまっても、援軍の要請はこなかった——だから、俺は兵をあげたんだ」

イシュトヴァーンはさらにいっそう声をひくめたので、マルコはイシュトヴァーンのほうにぐっと身を乗り出さないときこえなかった。

「このままでは、俺はおそらく波に乗り損なう。そして、パロがどうなるかわからないが、いずれにせよ、それからはきっぱりとしめだされてしまう、そうわかったから、俺は強引に兵を出して自由国境を目指したんだ。……いまあけるのはとても気になるけれどもイシュタールをはなれ、ゴーラをあとにして」

イシュトヴァーンはうなるように云った。いつのまにか、その目のなかには、かすかに光るものさえも浮かんでいた。

3

「だが、ここまできても――ナリスさまからは何のお沙汰もない。……俺は最初は、ナリスさまに俺が兵を動かした知らせが届いてないのかと――あるいはナリスさまも自分の危機を切り抜けるために必死で、それでこちらどころじゃないのかとも思ってみた。だが、そうじゃない――もし追いつめられていればいるほど、俺のほうに、援軍の要請は激しくなってくるはずだ。だがナリスさまからも、ヴァレリウスからもいっさい、旗揚げしたという報告もこないし、そのあと援軍をとか、かねての約束どおり手を結んで、という使者も密書もこない。それでも俺は信じたくなかったが――だがいまはもう……」

イシュトヴァーンはちょっと荒っぽく目のまわりをぐいとぬぐった。

「もう、俺にもわかったよ。だまされた、とは云わない、あのときのナリスさまは……まさにそういうお気持ちになって下さったんだってことは俺にはわかるからな。だが、ヴァレリウスはそうじゃない――あいつは、はなっから、この俺をあやぶんでいたし、できれば俺を殺そうとしていたんだ。何回か、そういったものな。ナリスさまさえお怒りになるのでなければ、ここでお前を殺すのが一番簡単なんだって」

「はあ……」

「俺はそのときには、全然やつのいうことなんか歯牙にもかけちゃあいなかった。だって俺だって、奴なんか眼中になくて、俺だってただひたすら、ナリスさまのためだけにマルガまでやってきて、ナリスさまと密約を結んで――俺が運命共同体になったのは、ナリスさまであって、ヴァレ公なんかじゃねえからな。だから俺は何も気にかけちゃいなかった。俺は――ちょっと奴を甘く見ていたらしい」

「は……」

「というか……ナリスさまのおからだのことをもうちょっと考えにいれなくちゃいけなかったんだな。ナリスさまご自身はたぶんいまでも同じ考えでいて下さると俺は信じてる。俺と結んで――俺と一緒にたつ、そういうお気持ちで謀反をおこして下さったんだ、ってことをな。……だが、それがちゃんと部下たちに伝わってるかどうか――あのかたは寝たきりだ。あんな不自由なおからだで――ほんとうは何を考えていようと、それを下に伝えるのはヴァレ公だろう。奴がたぶん、さもナリスさまのお考えのような顔をして、俺のことを下の連中に悪く吹き込んでいたって、俺はちっとも驚かねえぞ。いや、そうに違いないんだ。……そして、奴は、俺を切ろうとしてる。つまり、ゴーラと結ばないほうが、世界じゅうに対して得策だ、ゴーラ王イシュトヴァーンと手を結んだら、かえって不利だ、とだな……」

「……」

この人は、もう、そのようなことはとっくにわかっていたのか——

そう言いたげな顔をして、マルコはじっとイシュトヴァーンを見つめた。イシュトヴァーンはいくぶん暗く、にやりと笑みを浮かべた。

「ああ、そうさ——俺だって知ってる、俺のこれまでやってきたことで、ゴーラの殺人王だの、殺人鬼だの、血に飢えたゴーラ王だのと呼ばれてるってことはな。お前は、それが全部真相じゃないってことを知ってる。お前はずっと俺をみてきた——俺が間違ったことなんかしてねえのは知ってるだろう」

「は、はい」

「だがみなはそう思っちゃいねえ……ことにお歴々なんてやつらは表面しか知らねえのに、それで何でもわかってるような顔をしてものごとを仕切りたがるものさ。なんでも自分だけはわかってる、みてえな顔してな。……だから、たぶん、俺の評判は世界じゅうで悪い。そして、ヴァレ公は、そのことを最大限に言い立てて、たぶん——俺を切ろうとしてる……ナリスさまにもしかしたらもう、いろいろあることないこと吹き込んで、ゴーラと結ぶのはおやめ下さいと言い続けてるかもしれねえ。あのときから、あの小島からずっとあいつは俺とナリスさまの間柄を嫉妬してたんだ」

「……」

「そして、グインと――ケイロニアと手を結び、俺とゴーラを切り捨てようとしている――そんなこと、させるものか」

さいごは、暗いささやき、食いしばった歯のあいだから押し出されるような、激情をかろうじてこらえているようなささやきになった。マルコは息をのんだ。

「そう、だから……俺はこれに決着をつけるまでは、大事なイシュタールにも戻らねえ。たとえ、それでゴーラをあやうくすることになったとしても、いまここで決着をつけておかねえと――それに、なあ、マルコ、俺がいまここで決着つけねえでゴーラに逃げ帰ったらそれこそ、もうゴーラは二度と浮かびあがれねえんだよ。ケイロニアがつきゃあ十中九まではナリスさまの勝利だ。レムスがどうなるかはわからねえが、いずれにせよパロはナリスさまのものになる――ほんとうは、そのときにこそ、ゴーラとナリスさまのパロが手を結んで世界を制覇するはずだったんだよ。だがそのあいだにヴァレ公の畜生が割って入って、そうさせまいとしてる。ケイロニアとナリスさまのパロが手を組んで、そしてゴーラはどうなる？　クムもたぶんそっちにつく――沿海州もたぶん――そうなると、ゴーラそのものがおそろしく立場がまずくなる……そして、まあ、どこにも何も仕掛けてゆかねえでじっとこもってるんなら、かろうじて認めてもらえるかもしれねえが、しかしちょっとでも何か行動を起こそうとしようもんなら、たとえそれがどんな理由のある行動でも、たちまちまた侵略だ、なんだと言い立てられてこんどは包囲攻撃を受けるのはゴーラの番だろう。……いま、ナリスさまをちゃんと——約束どおり、ゴーラと結ぶ、という方向へ持ってゆかなかったらたぶん……」

イシュトヴァーンは敏感そうに一瞬身をふるわせた。マルコも戦慄しながらそのイシュトヴァーンを見守った。

「たぶん、レムスのパロの次にやられるのは……俺のゴーラ、ってことになる……アムネリスっていう、かっこうの口実もある——モンゴールの、俺に反対するやつらもいいしおだとばかりにアムネリスをかつぎだそうとするだろう。そして……ナリスさまがパロでしたのと同じことを俺に対して……いや、いまどうあってもゴーラへは戻れない。さっきはああいったけどな。ちゃんと、ナリスさまのパロに俺が味方だと認めさせ、そしてケイロニアをどうするかはナリスさまのご勝手だけど、ともかく俺——イシュトヴァーンとゴーラの力があってナリスさまのパロがレムスをやっつけて唯一のパロ王朝としてはじまった、という、その事実を作るまではどうあっても引き上げるわけにはゆかない。いま戻ったら——それとも、出てこねえでずっとゴーラで傍観してたとしたら、もう、ゴーラはたぶん浮かぶ瀬はねえんだ」

「そこまで……お考えだったのですか……」

マルコは口ごもった。

「わたくしは……なんだかすごく、失礼なことを申し上げたような気がします……もっとずっと、陛下のことを、こういっては失礼ながら、目先の戦いに夢中になっているのではないかなどという失礼なことを……」

「馬鹿にすんじゃねえ」

イシュトヴァーンは一瞬、けっこう満足そうな微笑をみせた。だが、内心の煩悶があまりに実は大きかったので、すぐにそれは暗い表情にとってかわってしまったが。

「俺だっていろいろ考えらあ。それどころか、俺が考えなくてどうするんだよ。お前らだけじゃあ、どうにもならないだろ。お前らには、天下国家なんてことは、考えるのは役目じゃねえんだからさ。——俺がちゃんと考えてなかったらゴーラなんざ——にわかごしらえの国家もいいとこなんだ、まだ出来上がってから一年とたっちゃいねえ。これがこのまま、どうやってあと二年、三年、十年、百年続いてゆくのか、そのいし——いし——いしずえを築けるのか、俺はいつだって、戦いながらだってずっと考えてきたんだ」

「恐れ入りました」

マルコは感嘆して云った。

「もう二度とそのような愚かしいお疑いはいたしません。……が、もうひとつだけ…

…」

「何だ。なんでもきいてみろ。俺がどんなに何でも考え抜いているか知るいい機会だ」

「もしもそのう……万一にも……その……」

「ナリスさまが、会うことも許してくださらず、そしてゴーラがナリスさまの味方をするのも許してくれなかった、ということになったときか？」

ふいに、イシュトヴァーンは、にっと笑った。

はっと、マルコは息をつめた。凄惨な微笑——もうずっとイシュトヴァーンのかたわらにはなれず寄り添っているマルコでさえ、これまで見たこともないくらい、ぞっとするほど陰惨な、凄絶な微笑であった。それはむしろ、絶望と憤怒をすでにはらんでいるかのように見えた。

「心配するな。それも——それもちゃんと考えてあるんだ」

イシュトヴァーンはしずかに云った。マルコは息をのんだ。いったい、何を考えているのか——そこまで追いつめられたときにはいったいどのようにするつもりなのか、それをきく気力を、マルコは喪っていた。

やがて、マルコは力ない声で、出陣前の大事な多忙な時間を邪魔したわびを告げて、のろのろと天幕を出ていった。まるで何かにうちひしがれてしまったかのように、マルコの肩はがっくりと落ちていた。

それを見送って、もう何もなかったかのように、イシュトヴァーンのおもては、無表情にかえっていた。小姓があわただしく入ってきて、天幕の片づけにかかるので、外に移動してほしいことを告げた。イシュトヴァーンは黙って愛剣をつかみとったまま、天幕から出ていった。外ではもう、出発の準備がほとんど調えられて、あちらでもこちらでもあわただしい動きが見える。それでも、イシュトヴァーンのすがたを認めたとたんに、「万歳！　イシュトヴァーン万歳！」という、いくぶん畏怖をはらんだ歓声がおこる。イシュトヴァーンはそれへも、見向きもしなかった。

そのまま、小姓が、出発の用意がととのうまで、といってしつらえた椅子を、命じてそのすぐ後ろ側にひろがっている小高い丘の上に持ってゆかせ、すえ直させる。そして、大股に丘をあがってゆくと、簡単な食事の用意を命じておいて、愛剣を杖にしてどかりと床几に腰をかけた。

そこからは、イーラ湖がよく見晴らせる。また、その彼方のかすかにみえる尖塔の群れはクリスタル、そして、反対側にひろがっている茶色と灰色の小さな町並みはダーナムのものだ。ダーナムは、町なかまではひどく破壊されてはいないものの、すっかり荒廃して、そのなかにあまりひとが動くようすも見えない。

イシュトヴァーンは黙ったまま、じっとダーナムを、それからイーラ湖を、そしてははるかにかすむクリスタルの町を見回していた。小姓や近習たちはそのようすを遠巻きにして、邪魔をせぬように気をつけながら見守っていた。そうして剣を膝にかかえこむようにして座っているイシュトヴァーンはおそろしく孤独そうで——そして、ひどく疲れているようにも、だがまた、おそいかかってくる運命にたいしてただひとり、激しい怒りをもやして立ち向かおうとしているようにも見えた。いくら努力しても、何かをつかみとろうとしてもなかなかむくいてくれぬ世界、今度こそつかみとったかと信じて安堵したその瞬間にまたしても背をむけてするりと彼の手からすりぬけてしまう世界に対して、怒りにみちた静かな挑戦をふつふつとたぎらせているかのように見える。彼は一瞬もおのれの失意をあらわにしようとはしなかったし、ナリスのことはなおも信じようとつとめていたけれども、すでに、その目はダーナムを見つめ、クリスタルをにらみすえ、イーラ湖の青に吸われてはいたけれども、もうマルガのほうをふりかえろうとはしなかった。これから彼が目指してゆく場所であったのにもかかわらず。

食事の用意ができた、と近習がおそるおそる声をかけにきたが、イシュトヴァーンは何もきこえぬかのようにびくりとも動かなかった。そのあともかなり長いあいだ、彼はまるで《孤独》という名の彫像ででもあるかのように、身じろぎもせぬまま、じっと丘の上に、微かな風に長い黒髪を吹かれながら、端正な横顔をイーラ湖のほうに向けていたのだった。

＊

だが——

行動を起こしてしまえば、そのようなひとときのことなど、覚えてさえおらぬかのようにも見える、それもまたヴァラキアのイシュトヴァーンである。

三万のゴーラ兵たちは、それぞれの隊長に率いられて、あわただしくダーナムを進発した。ダーナムの町長や守備部隊の隊長たちに特に別れを告げることもなく、嵐のようにやってきたときと同様に嵐のように——今回はずいぶんとしずかめの嵐ではあったが——通り過ぎてゆく。確かにイシュトヴァーン軍の援護が、ダーナムを救ったのではあったが、ダーナムの人々の心のどこかには、(同胞なのだから、いくらなんでも皆殺しにはするまい……)という意識がひそんでいたのに違いない。厳しい長いレムス軍の攻撃にすっかり疲れはて、弱ってはいたが、まだ本当に飢えて壁の土までもくらうようなところへはいたっていなかったし、その意味では、あやういところを救ってもらった、という切迫感も、イシュトヴァーンが期待していたほどはなかったのかもしれぬ。

それでも、一応、感謝の気持ちとして、ダーナム側からゴーラ軍に当座の糧食になるようにと、とぼしいなかからかきあつめたいくばくの食料や飲み物が届けられたので、それを車にのせて、運びながらの南下であった。それだけでも、ずいぶんとゴーラ軍にとっては貴重な礼物ではあったのだ。

　ダーナムをあとにし、マルガ街道をただちに南下に入っても、どの方面の斥候からも、レムス軍らしきものが伏せられているという報告もなかったし、街道筋はきわめてしずかであった。ダーナムをちょっと離れるともう、ほんのちょっと前までそのかいわいに激しい戦闘が立て続いていた、などとは想像もできぬような、おだやかで美しい田園と森林の緑ゆたかな風景が続いていた。それはダーナムで命拾いをしたナリス軍が、あわただしく南下していった同じ街道であったが、もとよりイシュトヴァーン軍はそれと知るよしもない。

　それに、そのときよりもさらに完全にマルガ街道ぞいの西側の部分は、カレニア政権の傘下に入っており、ヴァレリウスからどのような布令が出ていたにせよ、少なくともそれはゴーラ軍を敵とみなし、見かけしだいその前途をさえぎり、攻撃せよ、というものではなかったことだけは確かであった。もっとも、マルガ街道はおそろしいほどひっそりとしていて、めったに旅人のすがたひとつ見かけることはなかった。通常の、本来ならたえまなしにゆきかっているはずの商人たちの往来や、巡礼、旅人、傭兵たちのすがたは九割がた見られなくなり、かけぬけてゆく伝令や飛脚らしいもののすがたばかりが目に立った。

　イシュトヴァーンは、ゴーラ軍をなるべく前後にひろがらせぬよう、赤い街道いっぱいに横の列を組ませ、前の列とのあいだを詰めて進軍させた。もっとも彼が恐れているのは、長い街道を長々とひろがって進軍しているところを横合いから攻め込まれて、いくつかに分断されて攻め立てられることだったからである。自分の国でない土地を進軍するときには、たえず思いがけぬ敵のあらわれに注意せねばならぬ。それは長い、神経の疲れる行軍になりそうだった。

一方で、イシュトヴァーンは伝令に何通かの密書、親書を持たせてたてつづけに、マルガへむけて送り込んだ。だが、なかなか返事は戻ってこなかった。それはイシュトヴァーンをひそかに激しく苛立たせた。もとより、マルガとはまだけっこう距離があったが、しかし、レムスのパロが魔道王国であると同様、マルガで政権をとっているものたちもまた、通常の常識よりはるかに魔道にたけているはずであり、魔道師たちを駆使すれば、ふつうでは考えられぬような速度で返事が戻ってくることも、そもそもあちらの側からこちらに接触してくることも可能でなくてはならなかったから、そこにそれだけ密使を送ってもなかなか返事がこない、ということ自体が、イシュトヴァーンにとってはあまり望ましい方向にマルガの考えが進展していないということを証明していたからである。しかし、もはやいまとなってはひくにひけぬ——というのが、イシュトヴァーンの思いであった。マルコに難詰されるまでもなく、もう、のっぴきならぬところにまで入り込んできてしまっていること、もうこのさきは、ゴーラにしりぞくのも恐しい困難をともなうし、また、もしもマルガで首尾よくナリスとの同盟と歓迎をとりつけられなかった場合のことは、イシュトヴァーンでさえ考えたくもないくらい追いつめられることになること、それが本当は誰よりもよくわかっているのはやはり兵を率いているイシュトヴァーンである。

それに、これは決して忠実なマルコには云えぬことであったが、ずっともう長いあいだ、イシュトヴァーンの胸のなかには、これこそ誰にも口に出すこともできぬままにわだかまっている重たい疑惑があった。

(俺が——おらぬあいだ、これ幸いと……カメロンとアムネリスは……)

いくらふりはらってもふりはらっても、その疑惑は、イシュトヴァーンの脳裏を去らぬ。最初は、まったくそんなことはありえない、と笑いごとに思っていたのが、しだいに重たくイシュトヴァーンの心にのしかかってきて、いまでは、なんとなくイシュトヴァーン自身にはそれは、疑惑ではなく単なる既成事実であるような気さえしている。といって、何ひとつ証拠があるわけでさえなかったのだが。

(俺がいないあいだに……もしも、やつらが手を組んで俺を追い出そうと……ゴーラの王座を……モンゴールの連中は俺を憎んでいる。ユラニアにも俺をうらみ、憎んでいる連中はむろん半数以上いる。そいつらが結託して——カメロンとアムネリスをかつぎだしたら……)

どちらにせよ、それだから、いまのゴーラ、強引に彼が作り上げたゴーラというのは一回、徹底的に作り直さねばならなくなるかもしれない、とイシュトヴァーンは思っている。そして、そのためにも、ナリスのパロがうしろだてにあってほしい。もっとも忠実な三万を選んで連れてきたとはいっても、三万だけでどうなるものではないし、逆にこの数は、連れて歩いて食わせるためにはなかなか邪魔ったいし、といってそれより少なければものの役には立たないし、なかなかに微妙な数であるのだ。

（もしかして……次にゴーラに俺が戻るときには、やつらとの戦さになるかもしれねえんだ……）

イシュトヴァーンは、すでにそこまで考えている。それもまた、証拠も、予兆も、何ひとつあるわけでもない。イシュトヴァーンがかんぐっているだけだ。あれほど信じていたカメロン、かつてただひとり世界で信じるに足る相手だとかたく思っていたカメロンをさえ、もう、彼は、おのれの胸のなかにわきおこる根拠もない疑惑のために、しめだそうとしている。もっとも、その最大の理由のひとつとして、イシュトヴァーンにとっては、「いま、そばにいる」ということが、もっともつねに重大なのだ、ということもあったのだが。

ダーナムをはなれて最初の一日は、それなりに一応こともなく過ぎていった。ゴーラ兵たちは順調に街道を下ってゆき、だがやはりマルガからの応答はなかった。イシュトヴァーンは少し早めに野営をとって、そこでまた、かさねて、自分が三万の兵をひきい、ダーナムを救ったことを強調し、そしてまたその報告をかねてマルガに入りたいのであること、などをるるとのべたてた書状を書記に作らせて、それをただちに数人の密使にもたせてマルガへむけて出発させた。早馬ならば、もう明日のひるにはマルガにつくだろう。だがもう、最初にダーナムから出した密使はとっくについていなくてはならぬし、それへの返事もとっくにきていなくてはならぬころあいではあるのだ。

（いや……何をいうにも、パロの連中だからな……いろいろと、決めるにも会議をしてもめなくてはならんのかも……）

　イシュトヴァーンはなんとか楽天的に考えようとしてもみたが、しかし、その考えがあまりにも意味のなさそうなものであることも認めざるを得なかった。そのような会議でうだうだと返事や対応がのびるのは、レムス政府にこそありそうでも、あのナリスとヴァレリウスが仕切っているカレニア政府にはまずありそうもない。

（くそ。……俺がいったい何をしたっていうんだ。——もしも、本当に、ナリスさまが心変わりをしたというのなら……）

　だったら、どうしてくれようと思うのか。

　マルコには、そのときのそなえはもう考えてある、といったけれども、漠然たるいくつかの恐しい考えはあるけれども、いずれも、それを実行にうつしたときこそもう本当に、イシュトヴァーンは世界中から孤立してしまうような、そんなものばかりだ。本当に切迫すればそれらの非道な策のいずれかを選ぶほかはないだろうが、さしものイシュトヴァーンもできればそれだけはやりたくない。

そして、それにもまして——

（ナリスさまが俺を裏切るなんてことは……俺には……想像もつかないんだが……）

希望的見地として、なおもイシュトヴァーンは、あのマルガでの運命の誓いをともにしたナリスが、いまになって、反乱が一応成功し、パロが二つの政権の争いあう巷となったいまとなって、手のひらをひるがえすように態度を変えるとは、どうしても信じたくないのだった。

（そうだ……だから——やばいのはあのヴァレ公の畜生めだ……あいつが、すべてをナリスさまに吹き込んでるんだったら……そうだ……）

もうひとつの、まあ非道であるには違いないが、それなりになんとかやむをえないとして認めてもらえるかもしれぬ手。

それも、しかし、そうなってしまうまではなかなか口にできないようなしろものではあった。

（ヴァレ公をぶった切って……俺がナリスさまを……かつぎだして、俺が宰相になってやる。パロの宰相にしてゴーラ王——なかなかていさいがいいじゃねえか。……それに、イシュタールには未練はあるが、なに、それはまたすぐ取り返せるし――それよりナリスさまを連れ出してイシュタールを本拠地にして……パロとゴーラをあわせた王国を作っちまえばいいんだ……こっちのほうは、なんとかできる）

ヴァレリウスを切り捨てることについてはいかなるためらいもない、むしろ、望むところだ。そして、マルガ政府の武力そのものはまったくおそるるに足らぬどころか、ないに等しいとイシュトヴァーンは見ている。

（ただそうなると問題は……）

つねに、思いはそこにかえる。どこからどういう思案をしようと、必ずさいごには立ちはだかってくる、ひとつの巨大な影。

（グイン）

本当に、こんなところまできてしまったのだ――イシュトヴァーンは、思っていた。

4

（いずれは、どうあってもぶつからねばならんとは思っていたが……）

思ったよりもずっと早くその対決はくるかもしれない、そして、それもこんな奇妙な場所で、こういういきさつでとは思わなかったとイシュトヴァーンは寝られぬ夜に何回も思ってみていたのだ。

（ヴァレリウスはグインに依るだろう。……それはもうまず間違いない……そして、グインがもしも俺と結ぶことを承知すればよし、もしもそうでなければ……）

最悪の場合には、ヴァレリウスがグインに頼んで、マルガを——こともあろうに——イシュトヴァーンから守ってもらうよう依頼する、ということもありうる。グイン軍はサラミス街道を通ってやはり南下しているが、いくぶん早く動き出していることもあって、もうあすじゅうにはサラミス公領へ入るだろう。邪魔が入らなければイシュトヴァーン軍もたぶん、あさってにはマルガ圏内に入る。

（サラミスでグインが少しとどまってるのなら……）

そのあいだに、まだ多少交渉の余地があるのなら、ナリスに仲介してもらって、グインと会談してもいいとイシュトヴァーンは思っている。それは、このまま手紙の返事がこなかった場合、次の親書で書いて送るつもりだった。いま、彼のほうには、グインとも、ケイロニアとも敵対する理由はまったくないのだ、ということを強調し、ともに手を結んでマルガ政権を援護しよう、ということをグインに呼びかける手紙だ。だがもしもそれがまったく拒否された場合――ヴァレリウスがグインとケイロニアをうしろだてとし、そしてゴーラとイシュトヴァーンとを強固に拒否した場合だ。その場合にはもう、体面にかけて、ただちに行動をおこさざるを得なくなる。

「陛下。――ダーナムからの伝令の報告でございますが」

「なんだ」

「クリスタル郊外で、カラヴィア公騎士団と、レムス国王騎士団の一部が、戦闘を開始したということで……」

「ふーん」

このニュースは、それほど、イシュトヴァーンの興味をひかなかった。アドリアン子爵のいきさつについてはイシュトヴァーンはまったく知らないし、カラヴィア公騎士団の重要性についても、それほどの認識もない。

が、レムス軍がそちらの戦闘に気を取られて、当分マルガにたいしてはそれほど多くの兵を割けなくなるのではないか、ということは予想がついた。カラヴィア公騎士団は三万五千もいて、レムスは当初二万ほどで迎えうっていたが、次々と後衛を繰り出そうとしているという。そちらはそちらで、ダーナムにつづく激戦場はクリスタル郊外になりそうな趨勢を見せている。タラント軍もダーナムを引き上げて、そちらにまわっていったようだ。

（さてはもう、あのときにレムス軍のほうは、こうなると予想していたのかな）

はじめて、イシュトヴァーンは、あのタラント軍のすみやかな撤退の理由を納得した。だが、カラヴィア公軍は、「これはあくまでも、アドリアン子爵をとりもどすための戦闘であって、マルガ政権にくみするということは意味しないもの」であることを、宣伝ビラを使って、クリスタルの町びとたちやクリスタル郊外の村々、クリスタルの周辺の都市などにあまねく告知したのだという。ダーナムにまでも、その告知のビラがとどけられたのだった。なかなかに慎重なやつだ、とイシュトヴァーンは苦笑した。だが、カラヴィアとナリスの属しているアルシス王家とのあいだの過去の葛藤やいきさつなどについてはイシュトヴァーンは知っているはずもない。地方の一豪族にしてはずいぶんと兵力を持っているやつだとは思ったし、それがあとつぎを人質にとられたとはいいながら、レムス軍に対して正面切って戦いを開始するということに、ちょっと感銘は受けたものの、それでレムス軍になんらかの打撃を与えることになろうとは思われなかった。

なんといってもレムス軍はパロ正規軍をすべておのれの勢力内に含んでいるのだ。

あちこちからの伝令の報告をききながらも、イシュトヴァーンはひたすら内心焦りながらマルガからの返答を待っていた。だが、それは夜更けになっても訪れなかった。黒いマントに身をつつんだ魔道師の不吉なすがたがもやもやと彼の本営に突然あらわれてくることもなく、マルガ街道をかれらとは逆にまっしぐらに北上してくる、神聖パロ王国の旗を結びつけた伝令のすがたもなかった。それはひそかにイシュトヴァーンをひどく苛立たせ、やきもきさせ、いてもたってもいられぬ気持にさせたが、今回ばかりはさしもの彼も酒を飲んでまぎらす気にはなれなかった。このあたりは、一応ナリス政府の勢力圏内に入ったとはいいながら、街道の東側などはまだまだ全面的にレムス政府の版図である。それに、返事がこないうちは、そのナリス政府までも、もしかしたら敵でないという保証はないのだ。

だが、夜営はなにごとも異変は起きぬままに朝をむかえた。マルガからの使者も結局訪れなかった。そのことはイシュトヴァーンを相当にせっぱ詰まった状況に追い込んだが、イシュトヴァーンはそれでもまだ部下たちにむかってはその苛立ちを健気におさえていた。ここで彼が下手に不安をあらわにしたら、それこそ三万のゴーラ兵が総崩れになってしまいかねなかったからである。敵地のまんなかで、兵士達のほうはもっと神経過敏になっている。夜営のあいだも、うしろからレムス軍の奇襲があるのではないかと、相当にみな、怯えていたのも本当なのだ。

イシュトヴァーンは、隊長たちを集めて、もう自分とナリス王とのあいだにはかたい盟約が成立しており、自分がかれらをひきいてマルガに入るのはあらかじめされていた神聖な約束にしたがってのことなのだ、という言い方をした。もう、マルガ街道を下ってゆけばゆくほどに、どんどん、多少は安全かもしれない自由国境は遠くなるばかりだ。サラミス街道なら、西に出ればこんどはハイナム側の自由国境に近くなるが、マルガ街道はパロのまっただ中を南下している。部下たちの不安は目にみえて強まっている。そのようにいって元気づけ、味方にむかって進んでいるのだと説明してやらなくては、兵士たちの神経が参ってしまうのが何よりも恐ろしかった。

とりあえずダーナムでは勝ち戦さをおさめたはずだったが、そこでナリス軍と合流できぬまま、あわただしくダーナムを離れてきたことに、兵士たちはいくぶん疑惑を感じはじめているむきもある。イシュトヴァーンにしてみれば、恩知らずのルナンがもうちょっとだけ気をつかってくれてもよさそうなものだ、といううっぷんは充分あった。だがいまそんなことをいっていてももうはじまらない。

マルガに出している使者の返事が戻ってこないことも、もうイシュトヴァーンは、小姓たちや近習たちに当たり散らすようなことは一切しなかった。それどころか、使者がこない、待っている返事がきていない、ということを気づかれぬよう、伝令の報告をきくときにはマルコしか同席させぬようにした。しだいに、なりふりかまっていられぬところにイシュトヴァーンは追いつめられてきつつあったのだ。

隊長たちを集めて、マルガ圏内にさえ入ればもうすべては何の問題もなく安全になるのだ、というふりをしてみせてから、朝早くにイシュトヴァーンは野営地をあとにしてまた街道の南下を開始した。相変わらず街道の両側にひらけてくる景色は美しく、それもしだいに土地全体が少しづつ高地に入ってくる感じで、緑は濃く、花々も咲き乱れ、家々はまばらになって、非常に美しい地方に入ってきたことが感じられたが、イシュトヴァーンにとっては景色だの花だの、そんなものを見ているどころの騒ぎではなかった。内心では、ともかくもマルガに到着したら、郊外に兵士たちを待たせておいて、精鋭をひきいてマルガにのりこみ、返事をくれなかったことをあまり強くなじりすぎないようにしつつも、かつての約束についての難詰をせねばならぬこと、だがうかうかとマルガの陣営に入り込みすぎて包囲されてしまったりせぬように気をつけねばならぬだろうということ、などなどで心はそれこそ麻のように乱れていた。そもそもそれに、ナリスがもしかして彼を見捨てたのかもしれぬ、と考えること自体が、イシュトヴァーンにとっては、あの古馴染の最大のおそるべき恐怖、耐えることのできぬ《捨てられる》という激しい苦しみを誘発するものだったので、それを正視することさえも、イシュトヴァーンにとってはたいへんな精神力を必要とすることだったのだ。まだそれは、激烈な怒りに転化するところまではいっていなかったが、決定的にナリスが——あるいはヴァレリウスが裏切った、イシュトヴァーンとの盟約を放棄した、ゴーラを——それともイシュトヴァーン自身を、邪魔者とみなして迷惑がっている、ということが明らかになった場合、自分がどのようにふるまうか、ということが、イシュトヴァーン自身にもしだいに確信が持てなくなってきつつあった。それほどに、彼のとりつかれている、見捨てられる恐怖と激怒は深く、古かったのだ。

しだいに、行軍していても、もともとこういうときには口数の少ない彼のおもてはこわばったものになり、小姓たち、近習たちがいつももっともおそれているあの気の立った、苛立っているときの不吉なゴーラ王の気配があらわれはじめていた。小姓たちはびくびくしながらイシュトヴァーンのうしろにしたがっていた。

イシュトヴァーンはおのれの考えにひたりこみながら馬をかっていた——頭のなかを横切る考えはどれも不吉で暗いものばかりであったが、しだいに、ただひとつの考え——（もしも、ナリスさまをそそのかして、俺から離れさせたのだったら……誓って、ヴァレリウスの畜生を、この世で一番むごたらしい死に方をさせてやる）というものに、それは収斂されてゆきつつあった。どうしても、彼は、まだ、ナリスをうらんだり憎んだり、あるいは信じない気持にさえ、なれぬままでいたのだ。それでいて、かつて、同じように捨ててゆかれることに対するつよいトラウマを抱いているナリスを裏切って、こっそりと国境の町ケーミから逃げ去ったのは、彼自身のほうであったのだったが。むろん、そんな昔の追憶など、まったくイシュトヴァーンの脳裏からは去っていたのだった。

ヴァレリウスの卑劣さと裏切りとを呪い、それをどのような残虐さでむくいてやるか――それを考えているあいだだけ、イシュトヴァーンは多少心を落ち着けていることができた。とても落ち着いているなどとは云えぬようなものであったにしたところでである。あてもなく、ヴァレリウスの上に下してやる正義の鉄槌のことを考えていれば、はたからはどれほど恐しい顔をしていると見えて怖がられようとも、とりあえずイシュトヴァーンのほうは、叫びだしたり、なんでもいいから戦いの恍惚に身をおいて心をまぎらす必要などは感じずにいられる。

だが、行軍が停止して、斥候や伝令の報告をきくだんになると、そのなかにヴァレリウスの――あるいはもっと待ち望んでいる、ナリスから直接の密使がひそんでも、その返書を持った使者がまざってもいないことが明らかになる。そのたびに、彼はひそかに激しく落胆し、動揺し、さまざまな疑惑や絶望的な想念のとりこになってしまうのだった。もちろん、そのようなことはおもてには出しもしなかったにせよだ。

だが、皮肉なほどに行軍は順調であり、何ひとつさまたげるものはあらわれてこず――天候さえも、まるでイシュトヴァーンの焦慮をあざけってでもいるかのようにさわやかそのものだった。すでに、イラス平野の美しい展望のあいだを一日半、南下を続けて、ルカの町をこえ、まもなくシランの町――シランまでくれば、そのあとマルガまでのあいだには、もう大きな町というほどの町はない。あとはただ、まっしぐらにマルガ街道を下っていくらもたたぬうちに美しいマルガの森と湖が目のまえにひらけてくるはずだ。

もう、猶予はならなかった。ここまできて、なおかつ相手から一切何の返事もない、というのは、もう、それ自体がひとつの意志――イシュトヴァーン軍の到来にたいして、マルガ政府が困惑し、どう対処してよいか困っている、ひとことでいってしまえばありがた迷惑、いや迷惑そのものだと思っている、という、そのかなりあからさまなあかしでしかなかった。そろそろ、本気の対処が迫られている。

イシュトヴァーンはしばらくむっつりと馬に揺られていてから、ようやく、心を決めた。

「今夜はシラン泊まりだ」

まだ、泊まりを決めるにはいささか時間はあったが、イシュトヴァーンはそう命令を下して、シランに使者を出し、おのれの三万の軍勢がシラン周辺に夜営することを伝えさせた。そして、同時に、マルコを呼び寄せた。

「マルコ」

ついに、そのことばを口にせねばならなくなったのだ。イシュトヴァーンの顔は苦渋にゆがんでいたが、それでもマルコに対しては、その苦渋をあからさまにできるだけ、まだしもマシだった。ほかの隊長たちの前では、何も悪いことはおきていない、という平然とした顔をしていなくてはならなかったのだ。

「もう、これ以上……あちらからの指示も返書もないままにマルガに近づいてゆくのは無理だ。……俺はここで陣をはる、シランでな。だからすまないがお前――俺には、ほかに信用できるやつが思いつかねえんだ。お前……」

「マルガへ、いってまいるのですね」

マルコは察しが早い。というよりも、前のマルガゆきへも同行して、事情の大半を飲み込んでいるマルコにだけは、ヴァレリウスからの返事も指示もこない異常さがはっきりと理解されていたのだ。

「そうだ。ナリスさまのお気持ちを……確かめてきてくれ。そして、ヴァレリウスの野郎のことも……それで……」

「かしこまりました。大丈夫です」

マルコは頼もしげな笑顔を作ってみせた。イシュトヴァーンのおもてがひどく青ざめて、このところせっかくずっとかなり元気そうになっていたのに、また、ひところの辛そうな、苦悶にやつれた表情が戻ってきているのが、見ていられなかったのだ。

「お任せ下さい。……なんとしてでも、ご命令をとりつけて……ちゃんと、イシュトが無事にマルガに入れるよう、画策してまいりますよ」

ずっと、イシュトと呼べ、ため口をきけ――と、マルコに催促していたイシュトヴァーンだったが、ゴーラ王としての形式がしっかりとかたまってきてからは、マルコのほうも気をかねるし、イシュトヴァーンもあまりにも無理をいってもいけないという気持になって、二人の会話はごくあたりまえな国王とその腹心のものになりおおせていた。だが、マルコは、そのイシュトヴァーンの憔悴した表情を見ると、少しでも力づけたくなって、《イシュト》と呼んだ。その効果は少なからずあったようだった。イシュトヴァーンのおもてにかすかな微笑がわいた。

「ああ、頼むよ。本当は俺がいってみたいとこだが……もう、いまもし俺が動いて、万一にもあっちにおさえられちまったら、俺はともかくあいつらはもう、どうにもこうにも……」

「そうですよ。ゴーラ三万の将兵はイシュトだけを頼りにしてるんですから」

マルコはやさしく云った。

「大丈夫です。私は……必ず戻ってきますよ。万一にも、とらえられてどうこうというようなへまはいたしません、私もヴァラキアの海の男です。もしも万一、私が人質におさえられるようなことでもありましたら、どうか、私のことは即座に見捨ててくだされば……私のほうも、私のせいでわが軍が降伏するなどと思ったらそののち、とても生きていられたものではありませんし」

「ああ。わかったよ」

「でも、そんなへまはいたしませんよ。……それに、私なら、前にマルガにきて、多少なりともこのあたりの様子は知れていますから、最適任でしょう。……ではシランで、軍が落ち着いたら早速いってまいります」

「頼むよ」

イシュトヴァーンはふいに、ひどく気弱になったように、手をのばし、マルコの腕にすがりついた。そのおもてに、ひどくこころもとなげな、不安な子どものような表情がうかんだ。

「ナリスさまが俺を……そんなふうに見捨てるわけなんかないんだ。……だってここまできて、お前はいらねえなんていわれたら、俺の——俺の立場なんてねえじゃねえか？ナリスさまはそんなことはなさらない……それはいつだって、俺は信じてるよ……ただ、あんちくしょうが……あのちびの魔道師じじいが……」

「大丈夫ですよ、イシュト」

「あいつが、ナリスさまをけしかけたり……俺を切らせようと画策してるんだったら、決して許さねえからな」

一瞬、また暗い狂気じみたまなざしになってイシュトヴァーンはつぶやいた。それから、ふいにマルコをきつく抱きしめた。

「お前は、無事戻ってきてくれよ。お前までいなくなったら……俺、どうしていいかわからなくなっちまうからな。頼むから、本当に危なそうだと思ったらすぐに戻ってきてくれよ。……間違っても、深入りしすぎるのはやめてくれよ。な」

「大丈夫ですよ。私はずいぶん、カメロンのおやじさんのところで、そういう斥候もつとめたこともあります。こんな、一応味方かもしれない相手じゃなく、れっきとした敵の船にもぐりこんだりしたこともあるんですよ。大丈夫ですって。ご心配なさらずに」

「みんな、俺をおいていっちまうから……」

イシュトヴァーンは、なおもマルコを——抱きしめるというよりも、不安にかられてしがみついたまま、きこえるかきこえないような声でつぶやいた。

「リーロもいなくなっちまった……みんないなくなっちまう……カメロンも……みんな——」

「おやじさんは、いなくなってなどおりませんよ」

驚いて、マルコはいった。

「カメロン宰相は、いま、イシュトの留守をしっかり守って、イシュタールとアルセイスににらみをきかせて、守りを固めてくださってますよ。……あの人がいなければ、こうして遠征に出てくることだって出来なかったじゃないですか。あんなにあなたのことを可愛いと思っている人はほかにいやしませんよ。大丈夫ですよ……たぶんイシュトは疲れて、気が立ってるんです。きのうもお休みになれなかったんじゃないですか？　私が出かけたら、とりあえずひさびさにかるくお酒でもあがって、一休みなさってはいかがですか」

「ああ……」

イシュトヴァーンは、なんとなく、夢からさめたようにつぶやいた。

「そうだな。お前はやっぱり頼りになるぜ……いいことをいってくれる。そうか、酒だな……もうあとは、お前の帰りを待つしかないんだから……酒でも飲むか、ひさしぶりに。……このあたりならもう、敵が出てくる心配もないし——マルガからのほかは……」

「マルガだって、やみくもにこちらを攻撃してくるような余力などまったくないと思いますし、それどころか、そんな力があればなにも我々が援軍にくる必要もないと思います。それにパロの兵士は弱い、というのはイシュトがいっていたことですよ——そしてたぶん、レムス軍よりも、マルガ軍のほうがもっと……」

「そいつはわからねえけどな。カレニア兵というのはすごく勇猛だそうだからな」

一瞬、元気を取り戻して、イシュトヴァーンは云った。それから、ようやく、その元気にあおられて、うなづきかけた。

「よし、じゃあ、シランにつきしだい行って来てくれ。俺はシランで待ってる。すぐにどうにでも動けるようにして待ってるから、頼んだぞ、マルコ」

「大丈夫ですよ」

何回めかにマルコは請け合った。彼は、「ひさびさにお酒でもあがって」と云ったおのれが、どんな運命的なことを口にしてしまったのか、神ならぬ身に知るよしもなかったのだ。

そののち二ザンとかからぬうちに、シランの小さな町が緑の沃野のあいだに見えてきた。ゆたかな森の木々と、果樹園、そしてゆるやかな起伏をみせてしだいに高地にむかっている丘陵——その丘陵をこえたところにマルガがある。シランは、その丘陵のこちら側のふもとにある。

マルガまではもう、馬をとばせばものの二ザンという距離だった。それほどに、目的地に手のとどくところまできた、という思いに、イシュトヴァーンの胸は激しくふるえていた。もはやそれは、ようやく到着した、という思いだけではなくて、おそれや不安のほうがはるかに強かったのだが。シランはあらかじめの情報をうけて、やむなくだろうが、一応歓迎のかまえをみせていた。イシュトヴァーンがヤン・インたちから云わせてやった、糧食を売ってくれる話も無事に通っていたし、飲み水の確保も話がついた。ただし、シランの町なかにはやはり入らないで欲しい、というのが、条件だった。シランの人口はほぼ五千人ばかり、その小さな町に三万の軍勢が流れ込んできたら、たまったものではあるまいということはイシュトヴァーン軍にも容易に想像がつく。それにシランは、ここからはもうマルガへはいくらもない距離であってみれば、ここで泊まるものというのは普通は、クリスタルからマルガへくるものも、マルガからほかへ向かうものも、まったくいないのだろう。

「いま、マルコを使いに出してるからな」

イシュトヴァーンは、隊長たちに、まったくすべては予定の行動だ、という態度を見せ続けた。少しでも内心を明らかにできるのは、やはりマルコに対してだけであった。

「それが帰ってきたら、マルガ入りだ。いいな、それまではシランで大人しく待ってるんだ」

「はっ！」

隊長たちのほうも、うすうすなんだかなりゆきが妙だとは感じはじめていたにせよ、まだ、その不安のはっきりした理由はわかるほどでもない。とりあえず、云われたとおりにシランに野営する準備をすすめるのに手をとられていた。

(酒でも飲んで待つか……マルコだって、そう早くは……戻ってこられねえだろうしな)

マルコにすすめられたことを思い出して、イシュトヴァーンは、ふと、ひさびさに酒を出させてみる気になった。このところもう、戦いと緊張の連続で、酒はまったく飲んでいなかったのだ。さいわい、多少持参したものを用意せずとも、シランの町から、これはゴーラ王への貢ぎ物として、若干の酒樽が届けられていた。パロの名産の、甘くて濃密なはちみつ酒だ。それに入れるようにと、カラムの実やヴァシャの乾果もかごにいれて添えられている。イシュトヴァーンは、酒をあたためさせ、つぼに入れて持ってこさせた。

「うう……うめえっ」

何日かぶりに口にする酒は、ひどく甘く、とろりとして、疲れはてた身も心もやさしくいやしてくれるようだった。イシュトヴァーンは、こんなよいものをすっかり忘れていたのか——と、まるで、親しい友、というよりもいとしい女のことをひさびさに思い出したような心持ちであった。小姓たちも、だんだん機嫌が悪化しつつあったイシュトヴァーンが、酒を口にして、ようやくひさびさになごんだ表情を見せたことに、相当にほっとしたようで、むろんのことに誰ひとり、まだ戦中であるのに、などと諫言しようなどという気をおこすものはいるはずもなかった。

イシュトヴァーンは、酔った。

第三話　死　闘

1

マルコは、なかなか戻ってこなかった。

それはだがしかし、子供の使いにいったわけではないのだ。おいそれと一ザンばかりでもどってくるものではないだろう、ということは、イシュトヴァーンには一応も二応もわかってはいる。それどころか、非常に困難な役割を、本来はべつだんそういう任務が本領なわけでもないマルコに押しつけたのだ、ということは、イシュトヴァーンにはよくわかっていた。

とはいうものの、ほかには適任者がいなかったこともわかっている。伝令班のものはたくさんいても、あるていどの地位も年齢もそなえていなければ、マルガ側で相手にせぬだろうし、ただの密書を運ぶ走り使いとしてあっさりとあしらわれてしまうであろう、ということもだ。それに一応マルコはイシュトヴァーンとともにマルガを訪れて、ナリスとイシュトヴァーンの密談にも立ち会っており、その意味ではナリスにもヴァレリウスにも面識がある。最大の、というより現在のこの軍では唯一の適任者であることもわかっていた。

が、イシュトヴァーンにしてみれば、マルコがかたわらにいないのが心細いのだ。もともとイシュトヴァーンはひとりの人間にいわば《とりつく》傾向の強い人間である。そのときどきで気に入りの、かたときも離さずにそばにおいておく相手がいて、そのときにはその相手がいなければこの世の終わりのように思いこんでしまう。そして、その瞬間にはその相手をこそこの世でもっとも信用し、何から何まで打ち明け、話して、そのあいてに口にしないうちは何も決められないように思う——イシュトヴァーンには、ひとなどは絶対に信用しない、と云っていながら、どこかにそういう部分がある。

それがひところはリーロであったし、またひところはカメロンであったし、もっとも古くはヨナであった。年下だろうが、子供だろうが、それはかまわない。むしろ、じっさいの意識としてはつねにイシュトヴァーンのほうが、上司であり、保護者であり、王であり、なんらかの意味で上にたっていないと、誰かに庇護され、守られ、飼われている、というのはイシュトヴァーンにはとうてい我慢はできないのだ。ただ、じっさいにはそれはそれで、リーロやヨナに依存していたのはイシュトヴァーンのほうであったかもしれぬ。

その、いうなれば甘えさせてくれる対象が現在のところはつねに片時も離れずにぴったりとかたわらによりそっていてくれるマルコなのだった。イシュトヴァーンにとっては、「片時も離れずにそばにいる」ということこそが、最大のポイントであったのだ。その、マルコがもし戻ってこないようなことがあったら、と考えるだけで、イシュトヴァーンは強い不安にかられてくる。また、マルコが戻ってこないだけではなく、それは、交渉の不首尾をも意味している。

（もしも、あくまでもマルガが――ゴーラとは結ばない、という態度をつらぬきとおしたら……）

イシュトヴァーンの立場はずいぶんと妙なものになってしまう。そもそも、マルガでのあの密約は、ナリスとヴァレリウス、そしてイシュトヴァーンとマルコしか知ってはいないものであった。それをさか手にとって、あの密約を公表するぞ、といって脅すこともまで当然考えてはみたのだが、しかし、それも「どうぞご自由に」といわれてしまえばそれまでだ。ことにカラヴィア騎士団が動き出し、グインがいまやサラミスに入ろうとしている――ということはかなり明確に、ケイロニアがマルガにつくことが態度で示されているいまとなっては、マルガにとっては、ゴーラとかつて結ぼうとしていた、ということを明らかにされたところで、それほどの不利にはもうなりそうもない。

むしろ、かつてはそうだったが、いまはゴーラのさまざまな行動を納得のゆかぬものとして、それでゴーラを共闘する相手として受け入れない、と声明されてしまえば、それはマルガの有利にさえ働いてしまうだろう。いつのまにゴーラがそのようにあちこちから鼻つまみになる立場になっていたのか、いまさらながらイシュトヴァーンは愕然としたが、それの最大のきっかけとなったのがタルー殺しである、とまでは思い至らなかった。イシュトヴァーンにしてみれば、そんな、自由国境の山中での出来事までちくいち、マルガや、グインたちのほうに情報がまわっている、とはなかなか思えなかったのだ。

（そして、もし……ここで立ち往生ということになると……）

思えば思うほど、おのれの立場は妙な、苦しいものになる。もう、引っ込みはつかないし、ダーナムで戦ってしまった以上、レムス軍は当然ゴーラを敵視しているはずだ。それで、マルガが味方として受け入れてくれないのであったら、下手をしたら、三万の兵をひきいただけで、イシュトヴァーンは敵地パロのまっただ中に孤立して立ち往生してしまう。

（どうすればいいんだ……）

マルコがうまくやってくれるだろう、とまだ、どこかで楽観的に考えてはいる。だが、その一方では、もしもマルコが駄目だった場合にどうすればいいのか、それもちゃんと考えておかなくては大変なことになる、という不安がのどもとまでこみあげている。もともと、戦場でこそ、現場にぶつかればどんなひらめきもほしいままに流れ出てきたが、あらかじめあれこれと考えまわすようなことは、イシュトヴァーンの得手ではなかった。

(くそ……まあ、当たって砕けろなんだが……その意味ではマルコを先にやったりしねえで、俺が直接、兵をひきいてぶつかってったほうがよかったんだが……)

だが、そうした場合には、それを「攻撃」ととられて、迎えうたれてしまうかもしれぬ。たとえマルガの兵は弱卒であろうとも、それにたいして攻撃をしかえせば、そのときからイシュトヴァーンはナリスの敵だ。

ナリスに対する心情的なものばかりではなく、マルガから二ザンという、この敵地のまっただ中で、補給の可能性のない三万の兵だけをひきいて孤立するのは、やはり、いかな強引なイシュトヴァーンといえどぞっとしない。というより、絶対に避けたい。やはりマルガへは、ちゃんと了承を得て、味方として迎え入れられないことには、近づいては決定的にまずいことになるのだ。

(くそ、早く……)

待っている――ことが、イシュトヴァーンは、一番の苦手だ。

何がつらいといって、こうして、自分では何もできずに、息をひそめて待っていること、こんなに辛いことはない。そのくらいなら、敵地に単身乗り込んで切りまくったほうがどれだけ気分が楽か知れない。だが、いま彼に出来るのは文字どおり、待つことだけなのだった。

「おい、小姓、もう一つ壺を持ってこい」

「まだ、おあがりになるのでございますか」

いくぶん心配そうに小姓がいう。相変わらずイシュトヴァーンは小姓の名前など、てんから覚えようともしない。

「ああ、もうひとつだ。それで終わりにするよ」

イシュトヴァーンはむんずりと答えた。いかな彼といえど、陣中だということに多少の遠慮と気兼ねはある。だから、マルコがすすめてくれるまでは、自粛して珍しく五、六日以上も全然飲んでいなかったのだ。

だが、献上されたはちみつ酒はとてもいいものであったし、ひさびさの酒の味は、たまらぬほどここちよくイシュトヴァーンを酔わせた。自分がどんなにこのささやかな罪深い慰安に飢えていたのか、ふいに激しく思い出されるような心地であった。それにもう、イシュトヴァーンの考えでは、今日はマルコが戻ってくるまで何もすることはない。それにもう、レムス軍の領域からは離れているから、いまさら奇襲にあう可能性は少ないし、マルガ軍はたとえイシュトヴァーンの訪れをあまり好意的に迎えてくれなかったとしても、最悪の場合であろうとも、いきなり襲ってくる、とだけは考えにくい。そこまでいきなり敵対行動に出るナリスではないはずだ、とイシュトヴァーンは楽観的に考えている。

「でももう、あの、ずいぶんおあがりになっておりますが……」

「大丈夫だよ。このくらい、屁でもねえ。小便が出るだけだ」

久々に下品な冗談も出た。酒がまわるにつれてからだがあたたかくなり、気持が昂揚して来、マルコを待っているあいだの無聊も、不安感も、そして内心の動揺もここちよく包み込まれてとけてゆく。その快さに、久々にイシュトヴァーンは溺れていた。

(そうか、酒か……俺はどうせ、このくらい飲んだところでいっこうにさしつかえねえんだし、もっと、早くにちょっとづつなら飲んでいればよかったな)

飲んでいれば、何もかもそう悪いことはないと思われてくるし、何よりも、よしんば悪いことがあったとしても自分は絶対に大丈夫だ――これほどに力があるのだから、と思えてくる。その感覚が、イシュトヴァーンは何よりも好きであった。

ふたたびあたためたはちみつ酒のつぼが持ってこられ、イシュトヴァーンは一人で、つまみもなくそれをぐいぐいと飲んだ。考えてみると夜食をとることも忘れていたが、はちみつ酒は濃厚なので、それをある程度飲んでしまうともう、なんだか腹が一杯のような感じがして、食欲がなかった――というよりも、何か食べたかどうか、などということもすっかり忘れていた。イシュトヴァーンは、酔った。

そのまま、いつ、寝床に運ばれて寝込んだのかも、あまり覚えがない。酔いつぶれるところまでは飲んではいなかったが、ここちよく酔っぱらって、小姓たちにあれこれと珍しいくらい冗談をとばし、まわらぬ口で大声で笑っていたのはかすかに記憶にある。酒をたくさん飲むとイシュトヴァーンは、蒼白になって恐しく怒りっぽくなるか、あるいは調子がよければそのように陽気になって口数が多くなるかのどちらかであったが、きょうはあきらかに後者であったし、そのことに小姓たちは小姓たちでかなりほっとしていた。怒り上戸になったイシュトヴァーンのそばには、誰一人いたいと思うものはない。

なんとか無事にイシュトヴァーンが機嫌のいいまま、つぶれてくれたので、小姓たちはほっとして、野営の天幕の、簡易寝台にイシュトヴァーンを寝かせ、マントをぬがせ、靴も脱がせた。そのほうが楽だろうというので胴丸もとり、よろい下一枚にして、かぜをひかせぬようあたたかく掛け布を何枚もかけた。イシュトヴァーンはのんきらしくおいびきをかいて眠り込んでいる。腰をすえて酒を飲み始める前に、今夜の陣ぞなえについてはちゃんと命令を下してあったし、何か突発事態がおこったとき用の命令も下してあった。ヤン・インが一応ちゃんと非常事態にそなえて指揮をとる用意もできている。

それだけしてあったのだから、イシュトヴァーンが一晩くらい酔いつぶれても何の問題があろうと思ったとしても無理ではなかった。小姓たちがそっと様子を見に天幕の垂れ幕を持ち上げてのぞき込んだとき、イシュトヴァーンは簡易寝台の上でせっかくかけてもらった掛け布をはねとばし、おお鼾をかきながら、泥のように眠り込んでいた。

イシュトヴァーンは、夢をみていた。

幼いころの夢であった。イシュトヴァーンにしては珍しい。……かれが見るのはもっぱらもうちょっと成人してからの夢ばかりであった。あれこれと、非道な、ときにあまりにも残虐な仕打ちを重ねながら裏切りと戦場と血のなかで生きてきた彼の過去が、いったん眠りにつくとたちまち彼をあざけるようにあらわれる——それゆえ、ひところは、マルコに一緒に寝ていてもらったこともあったし、カメロンに添い寝してもらったこともあったし、逆に誰にもその寝言、うなされて口走るおそろしい秘密を知られまいとして、小姓さえ遠ざけたこともあった。夢が襲ってくるのをおそれるあまり、夜になるのをひどく恐れていたこともあった。酒の力をかりてようよう寝付き、酒のせいでいっそう狂おしい悪夢に苦しめられて飛び起きた。だが、このところは、ちょっと、悪夢に悩まされることはなくなっていたのだが。

それに、そのとき、見ていたのは、悪夢——というようなものではなかった。イシュトヴァーンは、珍しくも、チチアにいたころの夢を見ていたのだった。チチア——ヴァラキアの下町、遊廓のあるいかがわしい裏通り——イシュトヴァーンが生まれ育ったチチアである。

もう、チチアのことなど、長いこと思い出したこともない。ゴーラ王イシュトヴァーン、と名乗るようになってからは、《ヴァラキアのイシュトヴァーン》という名乗りもしなくなったから、おのれがヴァラキアの生まれである、ということさえも、ほとんど忘れてしまっているくらいであった。

その、忘れ去っていた懐かしいチチアで、かれは、《チチアの王子》とたわむれ呼ばれ、そのことを自分自身非常に誇りに思い、親も兄弟も金も家も——ちっぽけなねぐら以外何ひとつなかったけれども、何が不足であるとも思わずに楽しく、充分に生きることを味わいつくしながら生きていたものであった。ごくごく幼いうちからかれはチチアの流儀で生きることを学んだ——まあ、確かにそれはお行儀のよい世界からいったら、悪徳とおぞましい堕落と快楽とにほかならなかったに違いない。しかし、そこで生まれ育った不良少年にとっては、お行儀のいい学校だの、礼儀作法などより何倍も楽しい、どきどきするような世界があったのは当然であった。

ばくちを覚え、彼を育ててくれた博奕打ちコルドの驚くべき秘術を教えてもらい、それをためして、まだ十歳前後のうちから天才的な博奕打ちだとほめそやされ、ちやほやされ——みめかたちのよかった彼を、男も女も欲しがったし、それで最初のうちは多少つらいこともありはしたが、それを切り抜けるだけの知恵はあったし、失敗してもそれはそれで勉強したのだとみなせば、仕返しさえすれば腹はいえた。やがて、こんどは彼を欲しがる男女は彼にいうなりの大金を積んででも彼を一夜、買おうと夢中になり、彼はばくちのみならず、おのれの快楽も金になり、またこの世の中は自分の都合のいいように出来ているし、そうでなければそうなるように仕向ければいいのだ、ということを学んだのであった。誰もが、自由で美しくて若く、そして強い、十六歳のオオカミの子供であるイシュトヴァーンを崇拝し、あこがれ、欲しがり、チチアにいるかぎり、かれは人々の崇拝に守られてまったく孤独ではなかった。誰もが友達だったし、どの路地にも顔なじみがたくさんいた。世界はかれのためにあるようなものであった。

その、チチアに、かれはまた、夢のなかで舞い戻っていた。ひさびさに——ほんとうに久々に、チチアのあの潮くさい風のにおいが鼻をうち、ずっと夜通し底ごもる波の音がきこえている、あの下ヴァラキアの港近い娼婦町のたたずまいのなかにかれは戻っていた。

チチアを出たのは十六歳のときだった。もう、十年から、それきりチチアに戻ったことはない。だから、彼の知っているチチアはその、彼が出奔するときのままの光景をしている。さわやかな海風が波止場に吹く。魚が網からはずされてぴちぴちはねている。顔なじみの漁師が笑いながら、新鮮なそのままかじれるムータ貝をぽんとイシュトヴァーンに投げてよこす。それにウインクして礼をいって、小刀で殻をこじあけ、潮のかおりがむせるようなそれをそのまますすりこむと、まるでヴァラキア港そのものを食べているような感じがする。港のはずれの食堂では、黒いレースのショールをかけた太った未亡人のベンナが、くず魚と貝を大鍋で日がな一日煮込んでぐつぐつと煮立て、香料を大量にいれて、一ターで赤銅の椀に一杯、煮込みをいれてとろりとしたクリームをかけ、そしてかりかりに焼いた硬いパンをその上にさじがわりにつっこんで渡してくれる。あれほどうまいものはもうずっと食べたことがないと、夢のなかのイシュトヴァーンは思っていた。

その夢のなかで、かれが十六歳であったのか、それとももう二十六歳をはるかにこえた現在のかれであったのか、それはかれにもさだかではない。夢のなかでおのれが何者なのか、ゴーラ王なのか、それとも陽気で無頼な《チチアの王子》であるのか、それさえも、かれにはよくわからなかった。ただ、かぎりない懐かしさに胸が一杯になり、そして懐かしい人々に笑いながら手をふっていた。ちゃぷん、ちゃぷんと、波止場のたくさん海藻がこびりついた岸壁に波が打ち寄せている。

(ラン……)

こんなところにいたのか——イシュトヴァーンは、声をかけようとしたが、相手は何か用でもあるのか、あわただしく彼の前を彼に気づかずに通り過ぎていった。彼は、岸壁にかけて、足をぶらんぶらんさせながらヴァシャの実をしがんでいた。潮風が長い髪の毛をなぶる——子供のころから、かれは、髪の毛を切ったことがない。

「イシュト!」

声をかけられて、はっとそちらをふりむく。誰に声をかけられたかはとっくにわかっていたのに、顔を見るのが妙におそろしいような奇妙なためらいがあった。

「イシュト、こんなところにいたんだね！　またチチアに帰ってきていたんだ！」

「そりゃ、帰ってくるに決まってるだろう。お前、ここは、俺のふるさとなんだぞ……俺が生まれて育ったところだ。俺はここの——俺はチチアの王子なんだ」

「凄いなあ」

なにものかにひきずられるようにしてのろのろとふりむく——小さな、ほっそりとした、青白い顔、つややかな黒髪——子供じみた、だが目も顔も妙におとなっぽく落ち着いてもいるふしぎな精神的な顔が、彼を見つめている。

「久しぶりだなあ、ヨナ公！」

イシュトヴァーンの胸に懐かしさといとおしさがあふれ出た。

「なんだ、お前——パロにいって勉強してたんじゃなかったのかよ！　なんだ、学業の途中でチチアに戻ってきて、いけねえじゃねえか！」

「そんなことありませんよ」

妙におとなびたことばづかいで、ヨナが答える——

「イシュトこそ、なんだかいろいろと忙しそうで……でも、いいの？　どうしてこんなところにいるの？　いま、忙しいんでしょう？」

「バカ野郎、そんな余計なこと、ガキが心配してんじゃねえんだよ……俺にゃ、自分のしなきゃいけねえことはちゃんとわかってんだ。ちゃーんとな……」

「なら、いいけど……じゃあ、宿題はやっていたんだろうな」

「え……エッ？　し、し、宿題？」

「なんだ、やってないのか。しょうがないなあ……じゃあ、覚えているんだろうな。さあ、最初から──さあ、さっさとしないと時間がないんだぞ……さあ、ぼくについてくりかえして。ルーン、ヴォダルーン、ガンダルーン……」

どうして──

こんな忘れていた日々を、突然それほど強烈に思い出したのだろう。

限りなく懐かしい、限りなく遠い──もう戻ってこない、幼い日々。

心のどこかは、《これは夢だ》とはっきり知っていて、そして、それがもう二度と戻ってこないことも──そして、いま、おのれがどこにいて何をしてきて、そしていまや《ゴーラの殺人王》とよばれて中原に恐れられる存在となってしまったことも知ってい はするのだが──

（ヨナ……そうだ、どうしてるんだ、ヨナ……）

目のまえに夢のヨナがいて、にこにこ笑っているというのに、頭のどこかがそう思っている夢の不思議に、イシュトヴァーンはあやしく低くうめいていた。

（ヨナ公……なんだよ、この泣き虫が……）

（だって――だって、イシュト、ぼく……）

マルコの、ヴァラキアなまりのあの（イシュト……）という声が、そんな夢を見させたのだろうか。

（なんだ、お前……なんで刀なんか下げてるんだよ。お前はミロク教徒なんだろう。第一お前が戦いのなにを知ってるというんだ。ああ、よせ、よせ、俺がかわりに戦ってやるんだから……）

（そんなことはございませんわ！）

「わ」

イシュトヴァーンは突然、悲鳴をあげそうになった。

ヨナだとばかり思っていた、ミロク教の黒いマントをつけ、首にミロクの数珠をかけたその小柄なすがたが顔をあげると、いつのまにやらそれは、イシュタールにおいてきたアリサの顔になっていて――

（どうなさいましたの……イシュトヴァーンさま……まるで、わたくしが別の人だったみたいな仰天したお顔をなさって……）

（どうもこうもねえ。なんだ、アリサ、お前だったのか。ヨナは――ヨナはどこいった、ヨナはっ……あれ、どうして、チチアにお前がいるんだ……それに、お前、イシュタールを……)

(チチアなんて知りませんわ)

アリサはつんとすました顔をする。

(わたくしは、ただ、あなたのゆかれるところに……)

(ヨナ……)
(アリサ)
(お前は……)

誰かが、こちらをふりむこうとする——

それがこちらをむけば、いつもの悪夢がはじまる——ふいに、イシュトヴァーンははっきりとそう悟った。これほど、夢のなかにいながら、ここまでは懐かしいただの夢——そしてこれから先は悪夢——そう感じたのさえも初めてのことだった。いったい誰がこちらをふりむくのか、どうせそんなこともわかっているようには思ったのだが。

(振り向くな……お前の顔など見たくねえんだ、ア……)

「陛下ッ! 陛下ッ、お願いです! お目を、お目をおさまし下さいませ、ごしょうです、お願いです、陛下、イシュトヴァーン陛下ーッ!」

はりさけるような絶叫もろとも——

激しくゆさぶられて、イシュトヴァーンは、ようやく、泥のような眠りからさめた。

同時に夢がすべて砕けてとんだ。イシュトヴァーンは本来いつもあれほど眠りの浅い自分がこれほどに泥酔して眠り込んでいたことに驚きながら、いきなりベッドにたてかけてある剣をつかみとっていた。

すでに、もう、耳に異変がきこえていた。悲鳴、絶叫、激しい戦いの物音、馬のいななき——パチパチと炎のはぜる音——

「どうしたッ!」

イシュトヴァーンの声も絶叫となった。

「敵襲かッ!」

「敵、敵襲であります!」

天幕のなかが、小姓たちと近習と、そして旗本隊の騎士たちでぎっしりと人で埋め尽くされているのにようやくイシュトヴァーンは気づいた。

(不覚!)

「どうした。敵は誰だッ」

「わ、わ——わかりません」

悲鳴のような声を伝令の小姓があげる。

「恐しい……恐しい強敵であります! 突然……火矢を射かけつつかかってまいりました。天幕に火が……陛下、早く、外へ……」

「なんだと」

イシュトヴァーンは怒鳴った。同時にもう、剣をつかんで、外に飛び出していた。

2

（これは……）

一歩外に出たとたんに、情勢の容易ならざることを悟らざるを得なかった。あちこちで、巨大な篝火が燃え上がっていた――たきぎをもやす平和な篝火ではなく、天幕と、そして兵士たちが燃えるおそろしい地獄の炎が。そのなかを、悪鬼のようにかけまわる騎士たちの姿がみえた。かけぬけながら刀をふりおろし、そしてあれほどイシュトヴァーンがその武勇を頼んでいるゴーラ軍の精鋭を、まるででく人形のようにあっさりと切り倒してかけぬけてゆく怒濤のようなすがた。

（し――失敗った）

あえてことばにすれば、それであっただろう。

（不覚をとった……）

が、そうと見た瞬間にもう、イシュトヴァーンの中から、夢も、ついつい酒に溺れて眠り込んでいたことへの後悔の念もふっとんでいた。

「伝令！　伝令！」

きびしい叫びが飛ぶ。

「情勢を報告しろ！　敵の数はどのくらいで、だいたいどちらからが主力だ！　武器は何で、いまどのくらいやられている！　おおよその感じでいい！」

「はッ！」

「は、はいっ。……敵は突然暗がりから喚声をあげつつ真夜中に襲いかかってまいりました。あちこちに火矢を射かけて陣中に大混乱を起こしてから、逃げようと飛び出す者を切り倒しはじめました。まわりをぐるりと包囲されているようですが、全部かどうかはわかりません。どこが手薄かも暗くてよく見えません」

「くそ……」

火矢をいかけられて隊長たちの天幕があちこちで燃え上がっている。これでは、こちら側のようすはあちらからはよく見えて、敵のようすは火にもさえぎられ、その向こうの闇に沈んでまったくこっちからはわからぬ、ということになってしまっている。

（これは……普通の敵じゃないぞ……）

奇妙な慄然とする感じをイシュトヴァーンは覚えた。こんな戦い方をする軍勢がパロにいるとは思えない。といってまた、グインのケイロニア軍ともなんとなく――ぶつかったことはないのだから、連想としてはグイン当人からのものにしかならざるを得ないが、違うような気がする。

「陛下ッ！」

ころがるようにして駆け寄ってきたのは、若い中隊長のシン・シンだった。

「おお、シン・シンか、どうだッ」

「恐しい強敵です」

シン・シンは声を詰まらせた。よく見ると、シン・シンが左肩を血にまみれさせていることにイシュトヴァーンは気がついた。

「このあいだぶつかったパロの軍勢とは比べ物にもなんにもなりません。きいたことのない奇妙な喚声をあげて、一騎づつ襲いかかってきて……戦法もへったくれもないようなやつらのようですが、おそろしくその一騎一騎が強いのです。……ふがいなくも、わが……わが隊の精鋭がかなりやられました。いったい、これはっ……」

「ウム……」

イシュトヴァーンは、ふいに、何かがはっと胸の底をかすめるのを感じて顔色をかえた。

「きいたことのない奇妙な喚声……だとォ」

「さようです。ええと……なんといったらいいのでしょう……ウラーッ、とか、アイラッ、とかときこえます……いや、オーラー、とも……」

「ウラー、だと」

イシュトヴァーンはさらにおもてをこわばらせた。遠い、忘れかけていた記憶がどこからか——記憶のもっとも深い底の底のほうからのぼってくる。

(ウラー、ウラー——知っている……俺は、その……その喚声を確かにどこかできいている……)

いまや——

耳をすますと、まさしくその声がかれの耳にもまざまざと届いてきていた。どうして、これまで気づかなかったのだろう——やはり、突然の襲撃という事実にうろたえ、動転していたのかといまいましく思う。

「ウラー、ウラー」

「ウラララーッ！」

たけだけしい、野蛮な——中原のものではない喚声……

「なんだとォッ！」

思わず——

イシュトヴァーンの口から、めったには洩れない、悲鳴に近い絶叫がほとばしっていた！

「ま、まさか——！」

「陛下ーッ！」

近習がかけこんできた。その目が血走り、つり上がり——全身血まみれになっている。そのうしろ肩のあたりに、二本の矢がふかぶかと突き立っていた。

「へ、陛下ッ！　敵は、て、敵は、名乗っております！——《アルゴスの黒太子スカール》軍と名乗っておりますッ！」

「何だと……」

イシュトヴァーンは、声を失った。

(や——やはり、そうだったのか……だが——だがなんでこんな……こんなところに……)

だがもう、何も考えているいとまはない。

「くそっ！」

イシュトヴァーンは大声をあげた。そのあいだに小姓たちが必死になってイシュトヴァーンに軍靴をはかせようとしていた。機械的にイシュトヴァーンは足をあげ、靴のなかにつっこみ、肩から矢よけの革マントをかぶせられるにまかせた。

「敵はスカール、黒太子スカールだぞ！　案ずるな、敵は小兵だ！　スカールなら、それほど大勢じゃねえ！　負けるな、ふいをつかれてうろたえただけだ。俺たちはゴーラの精鋭なんだぞ！　俺たちは世界最強のイシュトヴァーンのゴーラ軍なんだぞ！」

イシュトヴァーンは早く出陣の支度をすませようとあせりながら、大声をはりあげた。

この声の効果はしかし、絶大なものがあった。

（そうだ……）

「ゴーラ、ゴーラ！」

「イシュトヴァーン、イシュトヴァーン——！」

兵士たちの口から、いっせいに、まるで地獄にさしこんだ唯一の光にすがりつこうとするかのような絶叫がもれた——

「ゴーラ——ゴーラ——ゴーラ！」

「イシュトヴァーン万歳！　イシュトヴァーン！　イシュトヴァーン！」

「いますぐ俺が馬に乗る。そうなりゃ、すべてはそれでよくなるんだ！　何をうろたえてやがる、ばかども！　きさまらは、ゴーラ王イシュトヴァーンの精鋭中の精鋭なんだぞ！　たかが草原の野盗どもなんかにあっさりと追い立てられようってのか！」

イシュトヴァーンの絶叫が、もはやそのすぐ近くまで迫ってきている戦いの物音をつらぬいてひびきわたった。

たくさんの声がそれに夢中で答える——

「ゴーラ、ゴーラ！」

「イシュトヴァーン、イシュトヴァーン！」

「よーし、もういいッ」

イシュトヴァーンは、マントの具合を確かめ、腰の剣帯に愛剣をおとしこみ、しっかりとさやを固定した。

「酒ッ」

「はいっ」

間髪をいれず差し出された酒つぼから、ひと口含むなり、ぬきはなった剣にぷぅっと酒しぶきをかけた。そのまま、

「馬！」

激しく叫ぶ。すでに愛馬はやて号はそこでいまや遅しとあるじを待ち受けている。小姓たちの組んだ手に足をかけ、一気にイシュトヴァーンは馬に飛び乗った。もう、酔いのかけらさえも残ってはいなかった。

「出陣！　ついてこい、お前ら！」

「はッ！」

「イシュトヴァーン、イシュトヴァーン！」

親衛隊の勇士たちが、一騎、また一騎と、走り出すイシュトヴァーンのあとに追随してゆく。

「ウラー、ウラー、ウラー！」

いまではもう、あたりをこがす炎はまわりの木々に燃え移り、敵をも味方をもあかあかと照らし出していた。その夜をあざむく呪われたかがり火に照らされてもう、さまざまな色合いのぼろぼろの布をよじりあわせたターバン、そこからひらひらとうしろになびいている汚いマント、何枚もかさねた胴着の錦――まったく中原には見慣れぬ草原風俗がはっきりと見てとれる。男たちは黒いこわいひげをはやし、ひげとターバンにうずまった浅黒い顔のなかに目と歯ばかりを白く光らせながら、巨大な蛮刀をふりかぶって突進してくる。馬も、中原の馬とは種類の違う頑丈そうな勇猛なやつだ。

確かに、恐しく勇猛な敵だった。これまで、ゴーラ軍がイシュトヴァーン傘下で経てきたどの戦いの相手よりも、圧倒的に一騎一騎が強く、鍛えられ、しかも殺気にみちていることが、ひと目でわかる。イシュトヴァーンのなかに、闘気がたぎりたった。

「ついてこい！」

絶叫して、イシュトヴァーンは馬腹を蹴った。激しく、剣をふりかぶって、乱戦のまっただ中に飛び込んでゆく彼を、精鋭たちが負けじと追った。

「イシュトヴァーン――イシュトヴァーン！」

「ウラー！　ウラー！」

二つの喚声が入り交じる。イシュトヴァーンが目をさまして参戦した――それだけのことで、すでに、ゴーラ軍は、攻め立てられてあわや崩れかかりそうになっていたのを、いっぺんに元気を取り戻し、落ち着きと、本来の戦いぶりを取り戻していた。かれらのその闘気を支えているのはひたすらこのかれらにとっての若き軍神の存在なのだ、ということを、あまりにもまざまざと明らかにするかのように。

イシュトヴァーンはもう、何も考えなかった。この意外な敵の登場への疑惑も、あやしい惑いもすべてふっとんだ。ただ、ひたすら、いつものあの戦さの恍惚境だけがイシュトヴァーンをとらえる——なまぬるい血が脳のなかにかけめぐり、異様な恍惚と忘我の興奮のなかに彼を投げ込んでゆく。そうなったときの彼にはもはや、あいては人間にも見えぬ。同じひとの子ともまったく感じられぬ。

「戦え——戦え——戦え！　戦うんだ、ゴーラの子ら！」

絶叫しながら、イシュトヴァーンが切り込んでゆくと、得たりと勇猛な騎馬の民が群がり寄って迎え撃とうとする。それへ、左右に縦横に剣をふるい、かけちがい、かけもどり、一気に水平になぎはらって胴を両断し、かえす刀で左からくるやつの頭を唐竹割に切りたおす。血けむりがあがり、絶叫もろとも落馬してゆく騎馬の民を、いさましい愛馬は踊りこえて次の相手にむかってゆく。鞍上人なく鞍下馬なきとうたわれるあの一心同体のたかぶりがかれらをとらえている。

ぴたりと追随しながら援護してゆく親衛隊に、やっと態勢を立て直したゴーラの精鋭たちがつきしたがい、しだいにゴーラ軍はひとかたまりに隊列を整えはじめていた。イシュトヴァーンはだが、うしろなどふりかえりもせぬ。ヤン・インかシン・シンか、遠くで何かしきりと指図を叫んでいる声をかすかにききながら、おのれはひたすらその身ひとつを的にして、敵の多いほう、多いほうへと飛び込んで突っ込んでゆく。イシュトヴァーンのゆくところ、たちまち血けむりがたち、悲鳴がおこり、どっと馬が倒れ、ひとが大地の上に投げ出されてゆく。イシュトヴァーンは戦いの恍惚にいまはすべてを忘れていた。

「くらえ！　畜生！」

切り下ろした剣のさきが、がしりと相手の肋骨に食い込んで動かなくなる。力まかせに何回か剣をふってからだごと払い落としたが、イシュトヴァーンもどうと落馬した。すばやく足をついて、そのまままた馬にはい上がろうとするのを、すかさず親衛隊がそのまわりにかけ入って守る。

「陛下！　お怪我は！」

「あるわけねえだろうッ！　俺が怪我なんかするか！」

そのままぺっと口から赤い唾を吐き捨て、柄まで血まみれになった剣を投げ捨てる。近習が次の剣を差し出す。それをつかみとり、もとどおり馬上の人となると、再びなにごともなかったかのように敵中に突進してゆく。

「ウララーッ！　ウラーッ！」

「手強いぞ。かたまれ——かたまれ！」

騎馬の民は、もともと、中原流の兵法など、何も知らぬのかもしれぬ。

あるいは、知ってはいても一騎、一騎がたのむところのあるかれらにとっては、そのようなものはかったるくてとるところではないのか——かれらの戦い方はどちらかといえばイシュトヴァーンのそれにそっくりだ。兵をたくみにあやつって、陣容をととのえ、次々と兵法を繰り出してくるかわりに、一騎一騎が勝手気ままにおそいかかり、ばらばらに敵のなかに駆け込んで攪乱する。そのかわりその一騎一騎はまことに強い。めったなことでは、一騎うちでは倒されそうもない。

ゴーラ兵はそれに対して、イシュトヴァーンとその精鋭以外はしだいに、隊長たちの命令によって、かたまり、一騎一騎を押し包んでうちとる方向へと戦法をかえつつあった。最初はおびやかされたものの、じっさいには三万のゴーラ兵のほうがだいぶ、襲撃者よりも人数が多いらしい、ということが、はっきりしてきたので、余裕が戻ってきたのだ。が、かんじんの総司令官たるイシュトヴァーンだけはまるで、どちらかといえば彼自身が騎馬の民ででもあるかのように激戦のまっただなかに飛び込んでしまっていたので、ヤン・インやシン・シンやマイ・ルンたち隊長が、それぞれの宰領で騎馬の民たちをかこみ、分断し、孤立させようとこころみていた。いかに一騎一騎が強いといっても、とりかこみ、人数で圧倒して倒してゆけば——という戦法に切り替えたのだ。人数は少なく、力にまさる敵に対する定法の戦いかたである。イシュトヴァーンとその直属の親衛隊だけが、まったくそれと別の、いつものイシュトヴァーン流の戦い方でどんどん、敵のまっただ中へと攻め込んでいる。が、それについてはもう、ヤン・インたちは、いつものことであったから、無理矢理にひきとめて安全な陣の奥にかくまっていようとしたところで、イシュトヴァーンをとどめることは出来ぬ、とよく知っていた。イシュトヴァーンの部下であるとは、そういうことなのだ、ということをもう、かれらは何回も学ばされていたのだ。

（どうやら……敵はおそらく、一万前後とみた……）

もしかしたら、そこまでもいないかもしれぬ。だが、一騎当千のひとりひとりの強さ、という意味からいったら、この敵一万は、ゴーラ軍三万にゆうに匹敵するし、パロ兵だったら、たとえ五万いようとも、この一万にあっさりと蹴散らされてしまうだろうと思わせるだけのものが、この軍勢にはある。

（この連中が、それぞれに力をあわせ、一心同体となって戦う近代兵法を知らなくてまことによかったかもしれぬ……）

ひそかにヤン・インたちはそう思った。もしそうなったら、たとえゴーラ軍三万といえども、あっさりとその猛攻に屈してしまわざるを得なかったかもしれぬ。

イシュトヴァーンの参戦以来、しかし、ゴーラ軍もよくたたかい、夜をついての戦いは、いずれが有利とも知れぬところまで盛り返してきていた。最初のようすでは一気呵成にゴーラ軍が崩れ去りそうだったが、よく食い止めたのだ。それにつれて、騎馬の民も、ようやくがむしゃらに攻め込んでくるだけの戦いかたを少しあらため、馬でかけまわりながら、防御の陣を組んだゴーラ軍の部隊のまわりをぐるぐるまわり、しだいに仲間を呼び集めはじめている。

だが――それとはまったく無関係に暴れ狂っているものたちもあった。

「イシュトヴァーン陛下!」

ぴったりとイシュトヴァーンの馬につきしたがって護衛している親衛隊の勇士ウー・リーが叫んだとき、イシュトヴァーンも同時にそれに気づいていた。

「わかってる。あいつだな!」

この、おそろしく勇猛な敵軍の総大将だ――

それは、云われるまでもなく、そのあたりの様子を見ただけで明らかであった。

イシュトヴァーンの周囲が、つねに悲鳴や絶叫や血煙にいろどられ、ただごとならぬ戦士がそこで恐しい戦いぶりをみせている、と遠くからでもわかるように、その相手の一騎のまわりにも、同じように、ゴーラ兵の死骸の山が築かれ、そして何かまったくほかとは違う殺気のオーラのようなものが、あやしくたちのぼっている。

(あそこだ……)

遠くからでも、そこの一角が、ほかとは違うと感じさせる、空気の色の違うような感じがありありと漂っているのがわかる。

(アルゴスの黒太子スカール——)

イシュトヴァーンは、ようやく、血まみれの恐るべき殺戮にひと息いれるべく、ちょっと兵をひいた。

巨大な、街道わきの木をうしろだてにとり、そこに馬をかっていって、親衛隊数百騎がたちまちそのまわりにむらがってくるのに周囲をかためさせ、血まみれの剣を小姓にわたしてまた新しい剣をもらった。

「陛下、お怪我は……」

「ない。誰も俺に怪我などさせられる奴などいるもんか」

酒を要求し、小姓が腰につけていた水筒からひと口飲むと、ようやく人心地がついてゆく。手も腕も、マントも返り血にまみれ、その手で顔をふいたためだろう、顔にも血がついて、またしても、見るも恐しい血まみれの闘神そのものと化している。その目はだが、そうしてようやくひと息いれるあいだにも、まったく離れず、くいつくように、街道の上でゴーラ兵たちを子供のようにあしらっている一騎の上にくぎづけになっていた。

その一騎がほかの一騎と違うのは、その上から下まで黒づくめの服装に黒い馬、それだけでも異彩を放っているが、それだけではない。まるで、獅子がオオカミと違い、犬どもとあまりにも違うように、その一騎は、ほかの勇猛な騎馬の民の戦士たちとも、またむらがりよせるゴーラの騎士たちともまったく違っていることが、ひと目でわかる。夜目にもあざやかに、かがり火に浮かび上がる、黒いターバンを頭にまき、黒いひげをはやし、黒いマント、黒い胴着、黒い足通しに黒い長靴——黒づくめの不吉なそのすがたは、まるでほかの戦士たちとはようすが違っていた。

おそらくそれは、イシュトヴァーンがつねに遠くから恐れつつ見守るほかのものたちにあたえている印象とも共通したものだ。（この戦士は——普通の戦士ではないのだ）という。——その剣がふりあげられれば、必ずや敵をほふりつくさずにはおかぬ、というう畏怖を感じさせるその動き。けいけいたる眼光にひとにらみされると、ほとんどの敵はそれだけで身がすくみ、闘う気力を喪って易々と切り倒されてしまう、そんな恐しいほどの殺気。

（あれが、アルゴスの黒太子スカール……）

もとより、世界最強の戦士のひとり、という噂も高い草原の勇者の中の勇者であった。その名はかねがねきいていたし、だからこそ、おおいに興味もよせていた。

そして、イシュトヴァーンは——かつて、赤い街道の盗賊団の若き凶々しい首領として、ノスフェラスからの帰途のスカール軍を襲い、それにおおきないたでをおわせたのだ。そのとき、しかし、スカールは病んで、頭もあがらぬ重病の床にあり、若くたけだけしい盛りのイシュトヴァーンの敵ではない——と、彼には見えたのだった。というよりも、そのときのスカールならば、確かにそうであったに違いない。

（なんだ。——世界に名だたるアルゴスの黒太子とは、この程度か……）

その、ひそかなあなどりの気持が、本当ならばそこまではせぬはずの残酷な結果をもたらした。パロに入る手前の山深い赤い街道のなかで、イシュトヴァーンは、スカールとの激烈な戦いのさなか、あやまって、スカールを身をもって庇ったスカールの妻リー・ファを切り倒し、そして、イシュトヴァーン自身も、スカールのすさまじい攻撃に重傷をおった。だいぶん古傷になってはきたが、そのときの傷はまだ、イシュトヴァーンの肩から胸にかけて、白くまざまざと残っている。

その後、スカールがイシュトヴァーンを宿世の妻の仇として、深くうらみ、必ずやいずれ妻の仇をうつ、と公言している、という話は、耳に入ってこなかったわけではない。だが、俺をうらんでいるやつなど大勢いるのだ——と、たいして気にとめもしないできた。

だが——そのスカールが、いまここにこうして、あのときの病のかげさえもなく、おそるべき闘気をみなぎらして前に立ちはだかってみると、（これが、世界最強の戦士のひとりか……）と、あらためて、あのときのスカールとのあまりの違いに目を見張らずにはいられない。

からだそのものも、遠目からでも、あのときよりもふたまわりはがっしりと大柄にみえる——あのときは、それほどに重篤な病のために、すっかりやせ衰え、病みほうけていたのだろうか。いまのスカールのその黒づくめの不吉なすがたから立ち上る、激しい殺気とすさまじいまでの怒り——そうであった。

スカールのその、遠見にも凶々しい黒いすがたにまつわりつき、彼をまったく他の騎馬の民からかけはなれた存在に見せているのは、彼の戦いぶりのなかにひそむ、激烈な怒り——復仇の怨念、それ自体にほかならぬようにみえる。

あたかも死に神そのもののように彼は闘っていた。彼の剣は、おのれを守ることなど考えてもおらぬかのようであった。ゴーラ兵はイシュトヴァーンが自慢するとおりきわめて勇猛であったが、そのおそるべき殺気の前に思わずひるみ、切りたてられ、そして倒れてゆくのをどうすることもできぬようだった。

(くそ……くそったれが……)

その、部下たちが、なすすべもなく切り倒されてゆくありさまを、じっと見守っているうちに——

イシュトヴァーンのなかに、しだいに、荒々しい、狂おしい《戦いの血》が、またしてもたぎりはじめている。

(なんて戦いぶりをしやがるんだ……やってみてえ……俺とあいつと……どっちが勝つのか……やってみてえ……)

「陛下」

うしろから、ウー・リーがいそいで声をかけてきた――おそらく、そのイシュトヴァーンの心の動きを感じ取ったのだろう。

「陛下。そろそろ、本陣のほうにお戻りになって――大勢はいったん、落ち着いてきたもようです……この上の決着をつけるには、あらためて陣容をととのえてから……陛下ッ」

「やってみてえ……」

いらえは、うめくようなことばになった。ウー・リーがはっとしたようにイシュトヴァーンをのぞき込もうとしたとき。

イシュトヴァーンは、いきなり無謀にも馬にかるく鞭をあて、そちらに――小高い丘の頂上でゴーラ兵たちにとりかこまれている、スカールめがけて、馬を走らせはじめていた。

3

「へ――陛下ッ！」

あわてて、ウー・リーがそのあとを追った。続けて、親衛隊の騎士たちが馬首をめぐらして、イシュトヴァーンのあとを追う。

「陛下！　危険です！　陛下ッ！」

まさに、聞かばこそ――といった感があった。

「スカール！」

イシュトヴァーンは馬をかけさせて丘を走り上ってゆきながら、おそれげもない絶叫をほとばしらせていた。

「スカール、立ち会え！　そのへんの部下どもなんか相手にせず、この俺と戦え！　俺だ、ゴーラのイシュトヴァーンだ！　スカール！」

ざわっ――

兵士たちが――敵も、味方も、遠いものも近いものも、驚きに揺れた、ように思われた。事実、剣をまじえて激しく戦っていたものたちでさえ、思わず剣をひいて、そちらをふりかえったほどであった。

「スカール!」

イシュトヴァーンは、叫びながら、なおも丘の上に駆け上がっていった。

「どけ、きさまら――俺に道をあけろ! お前らの手にあう相手じゃねえ! 俺にやらせろ!」

「イシュトヴァーン――」

はじめて――

イシュトヴァーンは、スカールの声をきいた。

低い、だがびいんと底ごもってひびく、いかにもそのたくましくごつい黒い外見にふさわしい、男らしく太い声であった。

「いたか、ヴァラキアのイシュトヴァーン!」

「おうさ、俺はここだ!」

イシュトヴァーンは大声をあげた。

「きさまが探してたのは俺だろうっ。俺のほうから出てきてやったぜ! 戦え。俺とやりたくて、かかってきたんだろう!」

「そうだ」

野太い、だがその底に永劫の悲しみと決していやされることのない恐しい嗔恚をたたえた声であった。スカールは、はっと剣をひいたゴーラ兵たちのあいだをかきわけるようにして、丘の上に進み出てきた。ひたいの真ん中に真っ白な星のある美しい黒い馬に乗った、漆黒のすがたが、夜そのもので作られたかのように、丘のふもとをこがしているかがり火に照り映えた。

「俺が探していたのはお前だ。ヴァラキアのイシュトヴァーン――俺を覚えているか。よもや忘れたとはいわさぬ――覚えていような。かの、運命の日を――ザイムの南、深い森のはざまで、はじめてまみえた日のことを」

「むろん覚えているともさ！」

イシュトヴァーンは凄惨な微笑を浮かべた。ようやく、戦いにあけくれた夜がごくわずか、東の空の端のほうがしらみはじめている。だが夜明けまでにはまだ一ザンはあるだろう。暗がりに、漆黒のスカールに負けずおとらず、浅黒い肌に漆黒の黒髪のイシュトヴァーンは闇の精霊に似て丘の上にスカールと対峙していた。

「どうして忘れてなるものか。あのときお前がつけてくれた傷だって、俺の自慢の肌にはっきりすてきなお飾りをつけてくれていらあ！　だがな、俺はもうヴァラキアのイシュトヴァーンじゃねえ――あのときの俺は赤い街道の盗賊、だがいまの俺は」

「殺人と裏切りにより、ゴーラ王を僭称する野盗」

痛烈な悪罵がスカールのひげの下の唇から洩れた。イシュトヴァーンのおもてがたちまちかっと真っ赤に染まった。

「ぬすっとたけだけしいゴーラのにせ王、ユラニアの由緒ある王座を泥足でふみにじった盗賊――いまや誰かがお前に鉄槌を下さねばならぬときだ！　俺は、そのためにここにあらわれた。俺はお前の死に神になってやる。お前にふさわしい、ドールの黄泉とやらに帰るがいい、赤い街道の盗賊よ！」

「云いやがったな」

イシュトヴァーンはさらに満面を朱に染めた。

「草原の国を追われて風来坊になったとかいうてめえあたりにそんなことをいわれる筋はねえ。ぐずぐず云わずにかかってこい。どうせてめえの腹は知れてるんだ。あの俺が切り倒したちっぽけな草原の小娘、その妻仇討ちがどうのこうのって、つまらねえうらみつらみを後生大事にかかえてやがるんだろう。そんなことだから、てめえの国もしくじって、帰る国もねえごろつきに成り下がったんだぜ。野盗はそっちだろう、草原のハ《コ》イエナ《ーイー》太子どの」

云わせもはてず――

スカールは、すらりとおさめていた剣を抜きはなった。

「下がれ。誰も手を出すな」

激しい声がほとばしる。

「戦さのなりゆきなど、いかようでもかまわぬ。俺はただ、こやつを倒すためにだけ、ここまでやってきた——場所をあけろ。俺が、わが最愛の妻の仇をみごと討ち果たすところを、敵どもも味方どももよく見届けていろ」

「一騎打ちさせてくれんのか。望むところだぜ！」

イシュトヴァーンは躍り上がった。ぺっと唾を手に吐きかけて、しっかりと剣を握り直す。

「ゆくぞ、はやて」

愛馬の首すじを叩き、そっとささやきかけてやる。

「いいか、気合い入れろよ……相手はちょっと手強いぞ。あんな、草原の馬なんかに負けるなよ」

はやてはブルブルと胴震いし、いないて答える——この聡明な馬は、これがどういう戦いなのか、すでになんとなく感じ取っているようだ。

スカールもまた、おのれの漆黒の愛馬の馬首を立て直した。

「よし」

これまた、手綱をひきなおしながら、愛馬のうなじをそっとなでてやる。

「お前の父親が立ち会ったあのたたかいのとむらい合戦——行くぞ。ハン・リー」

やさしく声をかけるなり——

スカールはハン・リーの、イシュトヴァーンははやて号の馬腹を同時に蹴った。

「ああっ……」

丘の下に、シン・シンとヤン・インのひきいるゴーラ軍ルアー騎士団の精鋭が、あわてて駆けつけてきたが、このようすをみて、思わずそこに動きをとめた。

この一騎打ちに割って入ることはできぬ——誰もがはっきりと、そう感じた。ゴーラの騎士も、草原の騎馬の民はなおのこと。

いつのまにか、すべての戦いの動きは止まっていた。それよりも、この壮絶な深讐綿綿たる因縁の戦いに心を奪われて、すべての両軍の騎士たちが、夢中でそちらに目をこらした。闇のなかに、黒いものが動く——両軍のどちらかの誰かが、戦いやすいようにと、あらたな燃料を投じたのか、かがり火がわっと燃え上がり、それがくっきりと丘の上に立つ二人の闘神のすがたを照らし出した。黒いターバンに黒いマント、黒い瞳に激烈な怨念を燃やし立たせる黒太子スカール——そして、一歩も退かじとそれを受けてたつ、長い黒髪をなびかせ、純白のよろいがきらきらとかがり火をうけて光るゴーラ王イシュトヴァーン。

両雄は、ついに、このシラン郊外の丘に激突する日を迎えたのだ。

それぞれの愛馬が、軽快なひづめの音をたてて、丘の土を蹴散らして近づいてゆくのを、人々はもうすっかり戦いのことなど忘れて、固唾をのんで見つめていた。だが、激しい殺気をはなちながら、どちらの馬も、そのままきれちがい、人々の口からはあっと思わず深い息を吐かせた。安堵であったのか、それとも失望であったのかわからぬ。

が、次の瞬間。

やにわに、すさまじい勢いで、うちあわされた剣が火花を散らした。恐しい怒声をあげて、スカールが殺到した。イシュトヴァーンは激しくうけとめ、さっとはずしざまにはやてをあやつってかけぬけた。スカールが追う。イシュトヴァーンが馬首をめぐらす。

「リー・ファの仇！」

スカールの口から怒号がほとばしった。ふたたびチャリーンとすさまじい音をたてて、二人の剣がぶつかりあった。鍛え抜かれたはがねはかろうじてその激突をうけとめ、青白い火花を散らした。

「野郎っ！」

第二撃はイシュトヴァーンからうってかかった。スカールはさっと剣ではじき、かえす刀でイシュトヴァーンめがけて激しい突きを繰り出す。イシュトヴァーンはマントではらいのけ、そのままはやてを飛び下がらせた。馬たちもたかぶっている。激しい鼻息と、そしていななきが闇をつらぬく。互いに長年にわたって戦場という戦場を闘いぬいてきたかれらのあるじたちは、さすがに、剣をふれあわせただけで、すでに相手の凡手ならざることを悟っていた。

すでに剣もまじえてもいるし、たがいに対して傷をおわせてもいる。だが、そのときから幾星霜、さらにそれぞれが——スカールは体力と心身の余裕とを完全に取り戻し、イシュトヴァーンはもともとのすさまじいまでの闘志と傭兵の荒けずりな技倆にいっそうの年輪と経験を加え——あの赤い街道での遭遇とは比べ物にならぬほど、おそるべき戦士がそこにいることを、互いがはっきりと感じ取った。攻撃は、がむしゃらな激情にかられたものではなくなり、冷徹な、何がなんでもこの強敵に対してすべての力をつかって勝ち抜こうとする狂戦士のそれとかわった。さらに、二合、三合、まったくまさりおとりのない勢いで剣がうちかわされるのを、人々はただ茫然と見つめていた。いったい、決着はつくのか——？　という、恐怖にみちた、だが驚くべき魅了された思いがかれらの胸を満たしていた。これほどすさまじい戦いを、それぞれに戦場の歴戦の勇士である騎馬の民も、ゴーラの戦士たちも、いまだかつて目のあたりにしたことはなかった。

（す——すごい……）

（どちらも……一歩もひかぬ……どちらも一歩もひけをとらぬ……）

殺意も、技倆も、力も、そして狂おしいまでの闘志も。

その意味では、それは互いにとって、ついにめぐりあった語の真の意味での《好敵手》以外のなにものでもなかったかもしれぬ。

「ウラー！」

スカールの唇からすさまじい気合いがほとばしり、まっこうから今度こそ決着をつけん気構えで剣がうちおろされると、すばやくイシュトヴァーンはとびすさってはずし、同時にかわしざまに斬りつけた。それをうけとめてまた、スカールがさらに深く追う。イシュトヴァーンがうけとめる。馬どうしが歯をむいて泡をふきながらにらみあい、その馬上で、剣と剣の柄をあわせて、ぎりぎりとありったけの金剛力をふるって押し合いながら、イシュトヴァーンの黒い暗い瞳と、スカールのすさまじい光を放つ鷹の眼が目であいてを射殺さんばかりににらみあった。が——

「アアアッ！」

誰かが悲鳴をあげたとき——どのようなきっかけであったのか。

「うあっ！」

イシュトヴァーンは、スカールの剣をはずしざま、はやてを駆け抜けさせようとしたが、こんどはハン・リーがその動きを読んでいた。この賢い人間同様の知能をもつ草原の名馬は、すばやくはやての前方にまわりこみ、主人の命令を待たずにはやてのゆくてをふさいだのだ。はやてはたたらをふみ、ハン・リーにぶつかった。二頭の馬がどさりと横転したとたんに、イシュトヴァーンはうしろへ、スカールは横へ、同時にひらりととんでみごとに着地していた。

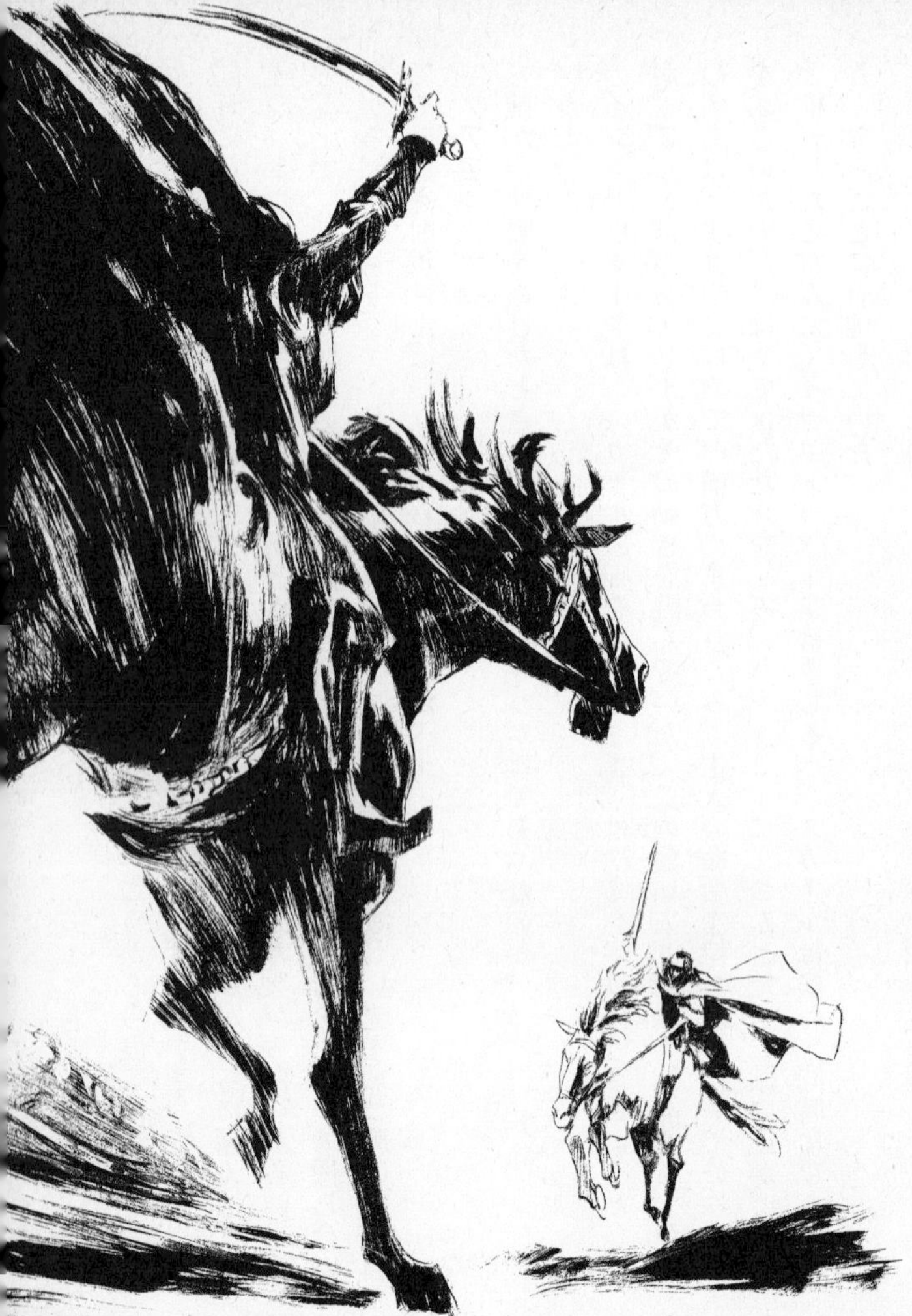

「来い！」

スカールは叫びざま剣をふるって、自らイシュトヴァーンに飛びかかっていった。イシュトヴァーンはすかさず剣を両手でささえてうけとめる。同時にイシュトヴァーンの足がのびてスカールの腹を蹴り上げる——スカールはすばやくとびすさって態勢を立て直す。

馬たちは起きあがれずに激しくいななきながらもがいていた。いくさはいまや肉弾戦とかわっていた。

ようやく明け初めてくるシランの丘に、ふたつの黒いかたまりが激しく飛びすさり、飛びかかり、二頭の黒いオオカミさながらの激しい戦いをくりかえしている。上背ではイシュトヴァーンのほうがまさっているが、横幅は圧倒的にスカールがしのいでいる。倍とはいわぬが、肩幅などはスカールのほうが五割がた広かろう。だが、イシュトヴァーンとても鍛えに鍛えた筋力だ。スカールが助走をつけてふりかぶった蛮刀をふりおろすのを、力まかせに剣をふるって払いのけた——その刹那、すさまじい音をたてて、イシュトヴァーンの剣が根本から折れて飛んだ。

「ちいっ！」

イシュトヴァーンはとっさに、得たりと切り込んできたスカールの刀を、地面にころがってよけた。さらに二撃、三撃と打ち込んでくるのを、ごろごろと地面を横転して避ける。スカールの動きがあまりに早いので、さしも敏捷なイシュトヴァーンも飛び起きて態勢をたてなおし、誰かの剣を奪い取るか、味方が投げてくれる剣を受け取るゆとりがない。が、イシュトヴァーンは必死に転ってスカールの攻撃をよけながら、抜け目なくあたりのようすを見極めていた。いきなり、彼は的確な判断で、倒れたままの馬のうしろにとびこんだ。スカールの一撃がどちらの馬にあたったか、哀しいいなながきこえて、一瞬スカールがひるむところに、イシュトヴァーンはすばやくとびすさって立ち直り、腰から小刀をひきぬいた。そのままそれをさか手に握り、なおもひるむ気配もなく、スカールに立ち向かう。

「きさまに限り、武士道など俺は認めん！」

スカールは吼えた。そして、剣をふりかぶり、馬をとびこえて、左右からさらに大振りに斬りかかりながらイシュトヴァーンを追った。

「呪われた殺人鬼め、きさまには、いかなる神の慈悲もないと思え！」

「そんなもん、いるかッ！」

イシュトヴァーンは怒鳴り返した。そして、いきなり、恐しく大胆不敵な動きに出た——その小刀だけではスカールのいなずまのような太刀さばきをうけとめるのは不利とみて、やにわに小刀を胸にひきつけたまま、われからスカールの胸元に飛び込んでいったのだ。スカールはすかさず剣をくりだそうとしたが、イシュトヴァーンは深くからだをしずめ、下から飛び込んで小刀をふりかざした。スカールはとっさに払いのけたもののあまりに近く飛び込まれて刀をふりまわせなくなった。そのまま、スカールは怒声をあげて剣を投げ捨てるなり、右手でイシュトヴァーンのむなぐらをつかみ、左手でイシュトヴァーンの小刀をふりおろそうとする手首をつかみとめた。イシュトヴァーンはもぎはなそうとしたが、スカールの膂力はおそるべき強さでイシュトヴァーンの手首を砕けんばかりに握り締めていた。イシュトヴァーンはもがき、なんとか手をもぎはなそうと、膝蹴りをくわそうとしたが、スカールはすばやく腰をひき、だが手ははなさなかった。

「放せ！　畜生！」

イシュトヴァーンの口から激しい怒声がもれた。そのまま二人はとっくみあったまま、ごろごろと丘の上の草のあいだをころがった。イシュトヴァーンは必死に小刀をスカールの顔にふりおろそうとし、だがスカールの手はおどろくべき力でイシュトヴァーンの手首を握りしめて決して放さなかった。イシュトヴァーンの顔に苦痛の脂汗がにじんできた。スカールはイシュトヴァーンの手首をへし折るほどの力をこめ、さらに明確な意志をもって、その手をうしろにねじまげようとしていた。イシュトヴァーンの手からついに苦痛にたえかねてぽろりと小刀が落ちた。

「畜生ッ、このドール野郎め！」

イシュトヴァーンは絶叫しざま、かろうじて膝蹴りをふたたびくりだした。それを腹部に受け、スカールはさすがによけきれずにうめいてやっとイシュトヴァーンの手首をはなした。とたんにイシュトヴァーンは左手の拳をかためてスカールにおそいかかった。スカールは両手を顔の前に組んで拳をうけとめ、たちまちこんどは激しい素手の戦いがはじまった。が、イシュトヴァーンの右手はだらりと下がったままだった。スカールのおそるべき力で、しびれて使いものにならなくなってしまっていたのだ。イシュトヴァーンはその不利をなんとかかわそうと、必死にあたりを見回し、ころがっている死体から剣をとれないかと探したが、もうこのへんには死体もころがってはいなかった。イシュトヴァーンの額にまた脂汗がにじんだ。

素手の戦いとなると、どうしても体重にかなりまさるスカールのほうに利があった。その上に、イシュトヴァーンは右手を傷つけられている。イシュトヴァーンは足を使ってなんとかスカールを防ごうとしたが、スカールはそのすきに、毛皮のふちのついた黒いブーツのへりから、そこにさしこんである刀子をすばやくぬきとった。そしてそれを口にくわえるなり、イシュトヴァーンに猛虎さながらに襲いかかった。

いつのまにか、かれらは丘の上から、反対側の斜面にむけて戦いながらころがり落ちてきていた。両軍の兵士たちはなかばこおりついたように丘の下にくぎづけになっていたが、かれらのすがたが見えなくなったのであわてて、どうしたものかと動きだそうと迷っていた。その間に、だが、二頭の猛虎――いや、草原の虎と血まみれの狼とは、なおもたがいのいのちをくらいあう激闘を続けていた。

が、イシュトヴァーンが、昨夜の深酒を切実に悔いなくてはならぬ瞬間がやってきた。
本来なら若いイシュトヴァーンのほうがたとえ体重では劣るとはいえ、体力があるはずだ。だが怨念にささえられたスカールはまだ息も乱していないのに、すでにイシュトヴァーンは息があがっていた。いつのまにか、イシュトヴァーンは防戦一方にまわっていた。一方、スカールはいまこそリー・ファの仇を――という、その積年の執念にきおいたって、いっそうすさまじく殺気を燃やしていた。叫び声もろともイシュトヴァーンが草の根に足をとられて不覚にもつまづいたとき、スカールはまさしくえものにさいごのとどめをさす猛虎の勢いでイシュトヴァーンにおどりかかった。

「アアッ！」

イシュトヴァーンは悲鳴をあげた。スカールの刀子がふりおろされた――イシュトヴァーンはかろうじて傷ついた右手をあげて顔とのどを守り、左手でふりおろされる刀をふせいだが、ふりあげた左手をざくりと刀子がかすめた。血がしぶいた。瞬間の痛みにイシュトヴァーンの動きがにぶった刹那、スカールはイシュトヴァーンのからだをおのれの下に敷き込み、全体重をかけておさえつけた。両膝を胸の上に乗り上げられ、イシュトヴァーンは息もできなくなった。

「ち——畜生——畜生ッ……」

「リー・ファの仇！」

スカールの目がすさまじい血ぬられた歓喜に燃え上がった！

イシュトヴァーンは、身動きもならず、ただ茫然とふりあげられる刀子を見上げていた。その脳裏をかすかに去来していたのは、（まさか——まさか、こんなところでこんなことで……この俺が死ぬなんて——そんなことはありえないんだ……ありえない……）という、その思いだけであった。

（俺は……まだすることがたくさん——まだやっと……ゴーラの王座についたばかりなんだ……俺は……俺は——）

「リー・ファ！　魂よ、安らえ！」

スカールは一瞬目をとじて、草原の神のもとにあるいとしい妻に、復讐のとげられる刹那を報告するかに見えた。それから、スカールは容赦なくイシュトヴァーンののどもとめがけて、刀子をふりおろした。

イシュトヴァーンは執念だけでよけた——刀子は、イシュトヴァーンの頬をえぐり、血をしぶかせて、地面にぐさりとつきささった。スカールは荒々しくそれをひきぬいた。

イシュトヴァーンは抵抗する力を失っていた。というよりも、いまだに、イシュトヴァーンには、まったくここでおのれが妻の復讐に燃えるスカールの手にかかっていのちを落とすだろう、などということは実感されていなかったのだ。遠くでかすかに激しい叫び声がいくつもつづけておこるのがきこえた——それももう、まったく死闘を続けるイシュトヴァーンとスカールの耳には届いてはいなかったが。互いのあるじを心配して駆け寄ろうとするゴーラ軍と騎馬の民が、それぞれを邪魔しようとして再び激しい戦いをはじめた物音だった。だがそれもかれらの耳には届かなかった。

「畜生——畜生ーッ！」

イシュトヴァーンは自分が何か口走っているとさえ気づかぬままに激しい絶叫をほとばしらせた。

（死ぬもんか……こんなところで俺が——この俺が……）

どちらも、慈悲も知らず、慈悲をこうことばも知らぬ。

イシュトヴァーンのなかにけだものじみたさいごの生への執念がよみがえらなかったら、おそらく彼の波乱にとんだ一生はこのシランの丘を一期として終わりを告げることになっただろう。だが、ヤーンは、まだ、彼を見放してはいなかった。

「死ねェーッ！」

スカールがイシュトヴァーンののどをかっ切ろうと、左手でイシュトヴァーンののど首をおさえつけ、右手で刀子をあてがった。そのまま横に一気にひき切ろうとする。イシュトヴァーンはあえてのどに刀の食い込むにまかせて一瞬力を抜き、そのまま思い切り、足とおさえつけられた手を使って下からスカールのからだを蹴り上げて投げ飛ばした。スカールはもはやイシュトヴァーンをほぼしとめたという安心感がどこかにあったに違いない。あざやかに決まった投げに大きく投げ飛ばされ、とっさにすばやく立ち直ったものの、その顔に激しい苛立ちの色が浮かんだ。

「未練がましい奴だ！」

怒鳴って、再びイシュトヴァーンに突進する。そのすきに、イシュトヴァーンは、なりふりかまわず丘の下にむかって駈けだしていた。

「卑怯な！」

スカールが絶叫しながら刀子をふりかざして追いかける。もう、素手ではスカールにかなわぬことが明確になった以上、この上素手で争う気は、もともとが野盗のイシュトヴァーンにはまったくなかった。一騎打ちの敵に背中をむけるのは戦士としての名折れである——というような意識も、実をいえばいざとなればイシュトヴァーンにはほとんどない。それよりも、生き延びて、そして最終的に勝つ——そのことしか、彼は考えてはいないのだ。

「イシュトヴァーン！　卑怯者め、逃げるな！」

スカールはわめきながら、イシュトヴァーンに追いすがった。イシュトヴァーンは逃げ切れぬと悟って立木のうしろにまわりこんだ。スカールが追ってくる。イシュトヴァーンはふいに、目のまえに谷がひろがるのを見た。丘の向こう側からではわからぬ、崖になっていて、その下に、かなり大きめな川が下に流れていたのだ。それほど崖は高くない。イシュトヴァーンは一瞬もためらわなかった。いきなり、彼は身をひるがえし、下の川めがけて飛び込んだ。

「おのれ！　逃がさぬ！」

スカールは叫んだ。そして、海そだちのイシュトヴァーンほど、草原の民であるかれは水に自信もなかったし、それほど敏捷でもなかったので、崖をおりる道を探して激しくあたりを見回した。

その、とき——

4

「スカール太子！」

いきなり、声をかけられて――

「誰だ！」

スカールは反射的に刀子をかまえた。その前に、もやもやと黒いかたまりがあらわれ、かたちをとった。見るなり、スカールは不愉快そうに血相をかえた。

「なんだ、きさま！　邪魔だてする気か！　許さんぞ！　ヴァレリウス！」

「邪魔だてといわれてもやむを得ません」

あらわれたのはヴァレリウスであった。

「情勢はちくいちわがほうの魔道師が報告を入れておりました。スカール殿下、刀をおひき下さい」

「なんだと。きさまがなぜ、ヴァラキアのイシュトヴァーンなどをかばう。そうか、きやつはナリスと同盟を結んでいたのだったな。この――」

スカールの口から、きくもおそろしいほどの草原の罵言が飛び出した。

「この呪われた悪魔どもめ――たとえいっときでもきさまらに味方するなどというおろかな思いを抱いた俺をモスよ、何世かけてでも罰するがいい。きさまらはすべて俺の敵だ――俺の――」

「お願いですから、落ち着いてください。スカールさま！」

ヴァレリウスは激しく怒鳴った。

「われわれは――ナリスさまも私も、ゴーラと結ぶ気持はございません。だが、ここでいま、イシュトヴァーンを殺されては困るのです！」

「なんだと。きく耳持たぬ。もう二度ときさまらの巧言になど俺はだまされぬからな」

「巧言ではありません。ナリスさまはイシュトヴァーンと結ぶといったことを後悔しておいでです。その後のイシュトヴァーンの行動は、決してナリスさまと神聖パロ王国のためになるようなものではなかった――それゆえ、ナリスさまはたいへん微妙な立場に立たされたことに気づかれ――同時にまた、イシュトヴァーン自身が、ゴーラの立場を守るべく出兵してきたことで、神聖パロ王国は非常に苦境に立たされているのです。げんざいゴーラはモンゴールを包括しておりますしイシュトヴァーンの妻はモンゴールのアムネリス大公です――たとえ幽閉されていようと。そしてモンゴールはパロにとっては決して許すべからざる、黒竜戦役の不倶戴天の仇敵――ゴーラ、ということはモンゴールと結べば、神聖パロはクリスタル寄りのパロ国民すべてから見放され、またせっかく動き出したカラヴィア公にも影響が出るでしょう。それゆえ……」

「もはや、そんなことはどうでもいい！」

スカールは怒鳴った。

「もう、きさまらの下らぬ外交だの、対外政策だのはとことんうんざりだ。そんなものとは一切縁切りだと云っただろう——そこをどけ、ヴァレリウス。俺はきゃつを倒す」

「だが、いまここでイシュトヴァーンが倒されたとなったら、ゴーラは——おそらくはカメロンを司令官として、決死の猛攻に立ち上がることになりますよ！」

ヴァレリウスは必死に叫んだ。スカールのおもてがちょっと変わった。

「カメロン、カメロンだと」

「そうです。ゴーラの宰相はカメロンもと提督、カメロン宰相はイシュトヴァーン王がマルガ近辺でうちとられたと知ったら何があろうとマルガ政府を許さないでしょう。われわれはいま、もはやこれ以上どんな敵をも増やすわけにはゆかないのです。われわれはいまや、神聖パロとは名乗ってはいるものの、ほとんど兵力を持たぬ地方勢力になりさがってしまった。ケイロニアが動き、キタイが動き出し、カラヴィア軍も動きだし、レムス軍が総力をあげて動き出しています——そしてゴーラが動くとなればクムも動く、モンゴールからも兵が呼び寄せられる——カメロンならヴァラキアをも動かせるかもしれない。そうなったらもうわれわれにはどうすることもできない」

「そんなのは知らん。お前らの問題だ。俺には関係ない」

「それは、ごもっともだと思います——草原の民としては。だが、私も——神聖パロのさいごの防衛をあずかる身として、ここでゴーラを敵にまわすわけにはゆかない。ゴーラをおもてだって敵にまわすことができぬからこそ、われわれは苦慮して、ゴーラ軍の到着を前にどのように対処すべきかとずっと考えあぐねていたのです——どうすれば平和裡にゴーラ軍が引き上げてくれるのかと。それを、すべてぶちこわされては——あなたはよくても、神聖パロはにっちもさっちもゆかぬところへ追いつめられてしまうんですよ！」

「そんなことは俺の知ったことではないといってるだろう。俺にとって重大なのはリー・ファの仇、ただそれだけだ。カメロンにでも誰にでも、ならば、ゴーラ王イシュトヴァーンの仇はこの俺、黒太子スカールだといってやれ。そうすれば、累がナリスに及ぶこともなかろうさ」

「そうはゆきませんよ」

ヴァレリウスは激しく云った。

「あなたはマルガから至近のこのシランでイシュトヴァーンを襲った。それをマルガがまったく知らぬ存ぜぬで通そうとしたところで、それは誰も——あなたがマルガとかかわりがないとは思ってくれはしない。そもそもあなたが草原へ戻られるのか、それともどこかわかりませんが、あのルーナの森で部の民をひきいて我々に見切りをつけて出てゆかれたときから、そのあとどうあなたが立ち回られるのか、ことにイシュトヴァーンが兵をひきいてゴーラを進発し、パロ領内に入ってきたという情報が入ったら、イシュトヴァーンを怨敵とつけねらうあなたはいったいどう行動しようとするか、たいがいは知れていると思ったから、あなたとあなたの騎馬の民の動静をつきとめようと、ずっと手をつくしていたのです。——が、あなたはさすがに神出鬼没でなかなかつかまらなかった。しかしそれでも、イシュトヴァーン軍の動きがはっきりしてきたので、必ずいずれはイシュトヴァーンの周辺に姿をあらわすはずだと予想して待っていたのです。……ちょうど、マルガでもいろいろと離れられない展開になってきたのであやうく私がくるのが間に合わないところだったが、なんとか間に合ってよかった。イシュトヴァーンはわれらの味方でもなんでもない、むしろ、味方されては困る、というのが我々の立場です。しかし、いまここで、マルガのさしがね、あるいはマルガがイシュトヴァーン殺害を見殺しにしたとゴーラに思われるかたちでイシュトヴァーンを殺されては、我々は大変なんです。思いとどまっていただきますよ。もしも奥様の仇をおとりになりたいなら、イシュトヴァーン軍をどこでもいい、パロ領内の外、せめて神聖パロの版図の外におびき出すなり連れ出すなりしてからにして下さい。ここでゴーラ軍が万一そのことでレムス軍に味方することになろうものなら……」

ぞっとしたように、ヴァレリウスは首をふり、ヤーンの印を切った。

「あなたはまったくおわかりでない。近代国家のことも、いまのマルガの本当の情勢もおわかりでない。――いまのマルガは、自分で自分を守るだけの力を持ってはいないんです！」

「だから、そんなのは知ったことかといっているだろう！　それだけの力もない者が反乱をおこして国をのっとろうなど、無謀というだけのことだ！」

二人はいつのまにか、崖の上で、火を噴かんばかりに怒鳴りあっていた。いつのまにかすっかり夜は明け、丘の向こう側から激しい戦いの物音と絶叫、馬のいななき、剣のぶつかりあう音や悲鳴などが荒々しくひびいてくる。

「それでも私たちはしなければならなかったことをしただけです！　だから私はマルガを守らなくてはならないんだ！」

「どうしようというのだ、ええ？　では、マルガを守るためにどうしようというのだ？　イシュトヴァーンはきさまらにとっては有難迷惑の押し掛けの味方にすぎんのだろう？　そやつがいないほうがいいのだろう？　だったら俺が切ろうが殺そうがきさまらにはそのほうがありがたいはずじゃないのか！」

「だから！　いまここで殺されては困るんだ！　あなたはイシュトヴァーンさえ殺せば

満足かもしれないが、あなたの部の民はごくわずか、いかに勇猛だろうとゴーラ兵三万をすべて全滅させられるような数じゃない。あなたがイシュトヴァーンを殺せば怒り狂った、いや路頭に迷ったゴーラ兵はマルガを襲うしかない。あなたのつまらん個人的な仇討ちのせいで、マルガがとてつもない窮地に追いつめられるんだ！」

「つまらん仇討ちだと」

スカールは激怒して怒鳴った。

「もう一度云って見ろ。叩き切るぞ、この魔道師野郎」

「何度でも云うとも。あなたには世界の大勢もこの世で何が大切なのかも何ひとつわかっちゃいない。あなたはおのれの私怨のためにいったい何を危険にさらしてるのかさえわかっちゃいない。あなた自身だってもう、この巨大な陰謀からまぬかれるわけにはゆかないんだってことさえわからない！　おのれのその私怨のゆえにこんなにたくさんのものを失い、危険にさらしながら、あなたにはまだわからないのか！」

「きさまに、そんなことを云われる筋はないっ！」

スカールはろれつがまわらなくなるほど激怒して、いきなり刀子をヴァレリウスにむかって投げつけた。ヴァレリウスはそれをよけもせず、空中で発止と受け止めた。

「こんなものが、魔道師に通じるとでも思ってるんですか！」

彼は怒鳴った。

「いつもいつも、力で屈服させることしか知らぬ野蛮なやからのために、この世界がどんな危険にさらされているのか、誰ひとりわかろうとしない！　いいですか、いますぐここから兵を連れて立ち去って下さい。ここはマルガの近く、あなたがその野蛮な頭でいろいろなことを考えて何かすればするほどナリスさまに迷惑がかかるんです！　味方してくださらないのなら、せめて敵に有利になるようなことはなさらないで下さい。これは最終通告ですよ！」

「最終通告だと」

スカールは満面を朱に染めて叫んだ。

「よーし、よく云った。その言葉の意味はわかっているのだろうな。魔道師」

「わかってますとも。私はいつだって、自分の云ったことの意味はようくわかってるんです。決裂ですね——どうせ、ナリスさまのために手を貸してくれないという結論を出された時点で、もう、味方とは思っていませんでしたけれどね！　しかし、われわれを窮地に追い込む行動をやめてくれないのなら、それは明らかに敵ですよ！」

「敵だとも」

スカールはすっくと立ち上がり、からだから、死闘のあいだについた草の葉や土を払った。

「よし、決まった。これで、きさまは俺の敵になったな。ナリスもだ。俺はもう、二度いようにしかふるまわないくせに」
「甘言であろうとなかろうと、どうせひとのいうことなんか聞きやしないで自分のしたときさまらの甘言には耳を貸さん」

ヴァレリウスは陰険に云った。
「あなたには所詮世界情勢も、いまからこの世界がどう変貌してゆくかもわからなかった、ってことですね。残念ですよ――あなた自身は非常に面白い、すぐれたところのある人なのに。それに、いまきわめて重大なところに――これは単なる偶然とはいえ、いる人でもあるのにね。だがなんで自分がそんなに重要になったのかも、あなたにはわかりますまい。御自分で、理解することも、理解しようとすることも拒否しているんですから。いいですとも、キタイの竜王にとらえられて、この世の秘密の半分をしぼりとられてしまいなさい。そのときにはもう、私たちはあなたがそうされてもこの世がキタイの竜王の思いのままにならぬよう、万全の体制をしいていますからね。そうする準備だっておかげさまでなんとか出来つつあるんだから！　だが、何があってももう、私が忠告しなかっただけは云ってもらいますまい。あなたは自分がノスフェラスで何を見てきたか、何を知ったか、何にまきこまれたかも理解することなく、おろかに草原の蛮族として生きて、死んでゆけばよろしい。おのれのつまらぬ私怨と欲望にだけふりまわされてですね。これは何も女のうらみつらみで云ってるんじゃないですからね――誤解しないでいただきたい。いいですか、いますぐマルガ圏内から出て草原なり、ノスフェラスなり、この世のはてなり、どこでもお好きなところに立ち退くか、それとも——」

ヴァレリウスは、ことばを切った。

スカールは猛虎の目で、ヴァレリウスをにらみすえた。

「それとも、何だ」

彼は、面白そうに、髭の下の唇をなめまわしながら云った。

「いってみろ、ちび魔道師。立ち退くか、ここから出てゆくか、それとも何だと？　俺に何を命令するつもりだ？　きさまは、ええ？」

「……………」

ヴァレリウスはちょっとくやしそうにくちびるをかんだ。スカールは呵々大笑した。

「さっきまでの威勢はどうした？　俺に兵を率いて出ていってほしいのだろう。もとより俺もこんなけったくその悪い場所には一時も長居する気などないが、生憎と、俺は、誰かに何かしろと命じられてそのとおりにするのは大嫌いだ。俺のあるじは俺自身、ただそれだけだ——俺がいたければ、俺はいくらでもそこに居座る。行きたければ、いかに引き留められてもとどまらぬ。それが草原の民の流儀だ。俺がもしどうしても、きさまのいうことをきいて出てなどゆかぬといったら、きさまはどうしようというのだ、え？　しおらしくあのパロのどうしようもない弱卒どもをひきいて、この俺を武力で追い払おうとこころみてみるか？　さっき、なにやら云っていたな——いまのマルガはすでに、自分で自分を守るだけの力も持っておらぬとやら。呆れたものだ——よくまあ、はずかしげもなくそんな言葉を、まがりなりにもその勢力の司令官ともあろうものが口にできたものだ。よくまあ、そんな状態で旗揚げをして、恐しくなかったものだな。……その、おのれを守る力もないゆえ、ゴーラの侵攻をおそれて俺にイシュトヴァーンを殺すなとほざく、そのようなマルガが、この勇猛な黒太子スカールの騎馬の民に対して、どのように立ち向かえるというのだ？　きかせてもらおう。俺が出てゆくのはいやだ、俺は俺の思い通りにするといったら、きさまは俺と騎馬の民をどうしようというのだ？」

「こっちにはね」

ヴァレリウスは言い返した。

「魔道がありますよ。……草原のかたがたはいつだって、石の都のつまらん手妻とわれわれ魔道師をばかにして、差別して、人間扱いしないで、ぶきみな怪物のように白い目でごらんになる。だが、魔道というやつがこれでなかなか役にたつものだってことを——特に、ゴーラ兵のように、魔道への心得もまるきりないわけじゃなく、しかも三万の数がある、というような相手じゃない、ごくごくうぶで、何も知らなくて信じやすくて、しかも人数だってそう多くはない、という、いまの騎馬の民のような相手に対しては、どういう威力を発揮するものかってことを、身をもって体験されてみますか。そうすれば、ちょっとはお考えがかわるでしょうしね。そして、魔道師のいうことも、ちょっとは真実があるのだ、とおわかりになるかもしれない、その石頭でもね。あなたにとっては世界の運命だの、この世の秘密を誰がつかむかなんていうことは、とうてい理解しがたいことで、どうでもいい下らんことにしか思えないのかもしれない。だが、それが本当にかかわりをもってくるのはあなたがたのような魔道で身を守ることを知らない本当のただの普通の人間たちなんですからね——そのことを、いまにあなたたちは思い知ることになりますよ。世界がこんなに大きく変わろうとしているんだから。——そしてそのなかで、これほど大きく世界が変わる時期だからこそ、本当の真実や世界のすがたというものを洞察することができるかどうかが、その人間の死命を決するのです」

「けっこうな演説だったな、ええ？」

スカールはぺっと唾を草むらに吐き捨てた。そして、もう、ヴァレリウスにはかまいつけようともせずに、背中をむけ、丘のほうにむかって歩き出した。

「どこにゆくつもりです」

ヴァレリウスはその背中にうしろから叫んだ。

「きさまにいう筋合いはもたん」

「イシュトヴァーンはもうとっくに逃げちまいましたよ。もう、いい加減に、次の大事なひとだっているんだから、そのうらみは捨てて、草原にお帰りになったらどうなんです。あそこならまだキタイの手は届きませんよ——あなたなんかもう、どうなったって私はかまわないけど、もしもあなたの持ってるその星船の秘密がキタイ王の手に入って、世界がキタイの竜王の支配下に入る、なんてことになったら、そうでなくても必死でたたかっている我々にとってはもう、それこそ貴方こそが世界を滅ぼした張本人てことになりかねない。そうなるまえに、いっそ、誰かの手にかかって死んでくれたほうがマシなくらいですよ、この——この、わからずや！」

「……………」

スカールはもう、答えようとするようすさえ見せなかった。

ずかずかと大股に丘の上にむかって、しだいに速度を速めながら歩き出す。さいごには、ほとんど駆け足になった。武器のすべてを失ってしまったのでは、このままイシュトヴァーンを追ったところで決着をつけるのは困難とみて、とりあえず戻って馬と武器をとりもどし、それからあらたにイシュトヴァーンを追いたてるつもりだろう。丘のむこうからきこえてくる激しい戦闘の物音もいっこうにスカールをひるませはしないようだ。もうすでにシランの丘は完全に日があけて、そのなかに、黒い魔道師のマントすがたでふわりと宙に浮かんでいるヴァレリウスはそこだけ世にも不吉な黒い夜が切り取られて残っているようだった。

「ナリスにいえ」

　一瞬、足をとめて、スカールはふりむき、まだそこにヴァレリウスがいるのを見ると声を張った。

「アルゴスの黒太子スカール、もはやお前のことは二度と友とも味方とも思わぬし、決してお前のために動くことはないが、しかし、お前のことは嫌いではなかった、とな。しかし、イシュトヴァーンと同盟しておきながら――そのために俺をあれほど怒らせておきながら、ひとたびイシュトヴァーンが情勢からして邪魔になると、こんどはイシュトヴァーンを切り捨て、その次にはイシュトヴァーンを切り捨てればゴーラ軍が恐しいといって切り捨てさせまいとする――きさまらマルガ政府のやっていることは支離滅裂だ。まるで、なりゆきまかせであちらについたり、こちらについたり、何の定見も信ずるところもない女子供がいちいち情勢の変化にうろたえ騒いでいるのとえらぶところはない。きさまらは、ただの女子供だ、ヴァレリウス――ナリス。いやしくも男児たるものはきさまらのようなふるまいをする連中とはともに闘うことなど出来ん。きさまらは俺をまことに失望させた――俺は、いま少しはきさまらも骨があるかと思っていたのだがな。だがそれももういい。好きなようにやるがいい。だが、きさまら女子供の愚劣なうろたえた考えで、大丈夫をどうにかできるなどとだけは思ってもらうまい。――いいか、こんなことをいっても、女子供にすぎぬきさまらには理解できまいが、そのようにして無定見に、いかなる信条もなくあちらを切り、こちらにひっつき、していれば、そんなものは永遠にまともな国家どころか、まともな謀反勢力とさえ、どこからも相手にしてはもらえないだろうよ。それでもいいときさまらはいうのだろうが——そして、いずれはそのおのれのおろかしさで追いつめられ、立ちゆかなくなるだけの話だ。そもそも、レムスもそうだ——パロの連中など、俺からみたらみなただの女子供だ。女子供どうしでうろたえ騒いでいるようなこんなばかげたいくさなど、草原の民からみればいくさでもなんでもない、ただのばかげた戦争ごっこにすぎん。——俺は、もう、誰にもつかん、誰のいうことも信じん。俺はただ、俺の信じたとおりにやる。そしていま、俺の思うことは、イシュトヴァーンをたおす、ただそれだけだ。わかったか」

「………」

「きさまらには、止めることはできん。俺の考えをかえさせることも——それをふせぐために俺を倒すこともきさまら女子供にはできまいよ。あまり甘く見てもらうまい。いくさは人数でするものでも、戦法でするものでもない。きさまらにはいくさとは何なのかもまた永久にわからん。——そう、ナリスにいっておけ。お前は、本来舞踏会でもしていればよかったのだ、いくさとは何たるかも知らずにつまらぬ陰謀に乗り出し、謀反をたくらんだこと自体が、無謀だったのだとな。次に会うときには、気をつけろ。俺は次にきさまらを見たら、有無を云わさず斬りかかるかもしれんぞ」

「肝に銘じておきましょう」

いやみたっぷりにヴァレリウスはいった。

「ありがたきご忠告。……しかし、気がついたら、パロ領内の外にいらしたとしても、驚かれないことですね。われわれはいくさがどのようなものかはまったく知らない、それはおっしゃるとおりかもしれませんが、黒太子さまは、魔道師とはどんなもので、魔道とは何をするものかはまったくご存じないようですからね。——それに、気がついたら、頭のなかにキタイの竜王の《魔の種子》を植え込まれ、キタイ王にあやつられている、などということになってから、あのときヴァレリウスはなんといっていたのだったか、思い出そうとなさっても、おそらくそのおつむはもうあなたの思い通りにはならないでしょうからね。……とりあえず、ここが見たとおりの場所だとお思いにならないことですね。魔道師の魔道は、いつもそこからはじまるんですよ」

スカールは返事をしなかった。大股にどんどん丘を上がってゆく。その背中に、ヴァレリウスは声をかけた。

「それでは、ご機嫌よう、アルゴスの黒太子スカール殿下。……わたくしからもご忠告しておきますよ。われわれマルガ勢力は、ゴーラ王イシュトヴァーンと手を結ぶことについては、懐疑的ですが、すくなくともマルガの勢力圏内でイシュトヴァーン王を殺害するこころみには、断固妨害しますからね。それはいま申し上げたとおりの理由によって。もしも、イシュトヴァーンへの敵討ちをどうしても断行されようというのなら、少なくともエルファを出てからになさるんですね。たぶんレムス王なら、それほどいやがりはしないだろうと思いますからね。……その結果、キタイ王にとらわれることになったとしても、それはそれで本望なんでしょう？　奥さんの仇をうったらもう、そのあとはどうなってもかまわないんでしょうから。……あ、もういってしまうんですね。……いいですとも。とりあえずイシュトヴァーンは生き延びたようだし——私があなたなら、即刻パロを出て草原に向かいますけどね……といっても、どうせ聞きゃしないんだろうな。まったく、不幸なおかただ……きく耳もたぬというのはね。この次、お目にかかったときにはあなたがもうちょっと賢くなっておられるよう、私はいつでも祈ってますからね。ご無事で……ああ、行っちまった」

ヴァレリウスは、スカールを見送ると、ちょっと肩をすくめた。そして、ひょいと空中に舞い上がり、今度はイシュトヴァーンを探すために、崖の下へと舞い降りていったのだった。スカールはヴァレリウスのさいごのすてぜりふは聞こえたようすさえも見せなかったし、ふりむこうとさえしなかった。その黒いすがたが丘の向こう側に消えてゆくと、たちまち激しい喚声があがって、戦闘のなかに彼がまた突入していったことを知らせたのだった。

第四話　闇に選ばれし者

1

「う……ッつ……」

感覚が戻るなり、するどい苦痛の悲鳴が、知らぬ間に口からもれた。イシュトヴァーンは、うめきながら、長年の経験で、とっさに起きあがることをせず、ゆっくりと、五感に触手をのばしてどこもなんともなっていないかどうかさぐっていた。手足のどこも、折れたようすはない——肋骨も頭も大丈夫だ。

（う……くそっ……）

右手がしびれていて力がまったく入らないが、それは打撲のせいではなく、スカールのおそるべき膂力のせいであることはイシュトヴァーンにはわかっていた。右手が使えないので、こちらも痛むがまだしも無事な左手をつかって、そろりそろりと身をおこす。思ったよりも深い谷川で、そのへんは大丈夫だったが、流れも思ったよりかなり急だった。充分に、飛び込んで泳いで逃げ切れると思って無謀にも飛び込んだのだが、そのまかなり流されてしまい、運よく岩にひっかかったのはいいが、そのときにあちこちかなり打ち付けたようだ。からだのあちこちに、かなりの打撲をおっているらしい鈍痛がある。

「畜生、草原の悪魔野郎め……」

イシュトヴァーンは声に出して罵った。が、声を出してみても、あばらに痛みがひびかぬこともぬけめなく確かめていた。

「畜生、不覚をとったな……というよりも……」

全身濡れそぼっているが、とりあえず自分の力で岸にはい上がることもできたし、そうしているあいだに、痛くはあってもどこも一応、大きな怪我はおっていなさそうだ、ということも確認できた。ただ、右手はしびれてしまっているが、これもまあ、そのうちに感覚が戻ってくるだろう。

「うあっ……アザになっちまってるじゃねえか……なんて力だ、あの馬鹿力野郎め」

イシュトヴァーンは、おのれの手首を見てうなった。紫色のむざんなあざが手首の回り一面についている。手首をへし折られなかっただけでも見つけものだった——明らかにあいてはそういう意識で手首をねじまげにかかってきたのだから。

「くそぅ……いつまでも、たたりやがるな、あの悪魔め……」

おのれが、人質にとって身代金をとってやろう、という助平根性をおこして最初に赤い街道で襲ったのがこの深い因縁のはじまりである。

だが、そのときには、イシュトヴァーンのほうも、いまだに残っている深い傷をおわされた。女を殺したのは迂闊だったにせよ、イシュトヴァーンからみれば、互いに受けた傷は互角で、こうまで恨まれる理由はない、と思う。そもそも、戦場に女を連れてくるのも、その女があぁして男をかばいに飛びこんでくる、というのもイシュトヴァーンから見れば狂気の沙汰でしかないのだ。

(戦場に女はいらねえんだ……)

戦場どころか、宮廷にも私生活にも、できれば女などというものはいないでくれたほうが助かるかもしれない、とイシュトヴァーンはひそかに考えた。

(なんというか——なんだかなあ、すべてのいざこざってのは、みんななんでもかんでも結局女がひきおこしやがるからなあ……女ってやつは……)

リー・ファを殺すつもりはなかった。——必死の瞳で、スカールとおのれのあいだに飛び込んできた少女が、イシュトヴァーンの刀子を受けて倒れたとき、一番ひるんだのは、イシュトヴァーン自身だ。その上にあれだけの、いのちにかかわる怪我をさせられて、その上にさらにこんなに恨まれては割にあわない、と彼にしてみれば、むしろ文句のひとつもいいたいところだ。

（いったい、どのくらい……流されたんだろう……）

かなり、急流に流されてしまったことはわかっていた。あのシランの丘からどのくらいへだたってしまったのか。どちらの方向に流されたのか——川の流れそのものは、マルガから流れ出して、ゆるやかに東のほうへ向かっている感じに上からは見えたのだが。

（だとすると……ここは、どこだ……）

イシュトヴァーンは一人きりだった。

まったくの一人きり、これほどのひとりになるのはこのところもうずっとなかったこと、というくらい、一人きりだ。

川の両側はどちらもそれほど高くはないが切り立った崖になっていて、その上にかなり木々が茂っていて、その奥がどうなっているのかはここからはまったく見えない。谷川だ。丘の上から飛び込んだあのあたりのほうがまだずっと崖が低かった感じがする。ということは、そのまま川は流れて丘陵地帯から、やや山っぽい方向に入ってきているのだ。

（といってもイラス平野には、そうたいして高い山はなかったはずだが……）

あたりは、こわいくらいしーんとしている。

もちろん、戦いの物音も——また、部下たち、あるいは敵が、かれを血眼になって探している、ということをあかしだてる、呼び声や人のざわめきなども何ひとつきこえてはこなかった。また、このあたりにはまったく住む者がいないのだろうか。人家らしいものの痕跡もないし、また、川のまわりに関するかぎりは、ちょっとでも人の手が入った、というあとはまったくない、ひっそりとしずまりかえった原野、大自然のまっただなかとしかみえない。それは、世界でもっとも人口が多く、すみずみまで人が住んでいる、開けたパロの国にしてはひどく珍しい場所のようにイシュトヴァーンには思えた。

かなり人家の少ないあたりでも、とにかく道は赤い街道で、どんなに細い脇街道であろうともそこには赤レンガがしいてあり、そして人家そのものは見えなくても、あたりにひろがるのは自然の森林ではなくて果樹園や耕作地であって、明らかにひとがそこに耕作にやってきている、というしるしを見せていたものだ。ここまでくるあいだ、すでに、ワルドの山岳地帯をこえて、自由国境からパロ領内に入ったあたりから、もうずっとその傾向は続いていた。それは、かえって、まったく人跡まれな北方だの、同じ自由国境でもちょっと分け入れば深い山々が続いているサンガラのあたり、またスタフォロスの辺境やどこまでも蒼い海原が続くレントの海、コーセアの海——といったところばかり、わたり歩いてきたイシュトヴァーンには、逆に驚くべき人口の稠密さに思われたものだった。

（こんな、ちまちまと大勢人間がおしあいへしあいしてるとこに暮らしてて、息はつまらねえのかな……だからあんなにちまちまして女々しい連中になっちまうのかな、パロのやつらは……）

イシュトヴァーンには、そのほうが不思議である。

だが、そうはいうものの、もう長いこと、イシュトヴァーンも、ずっと人々のあいだに暮らしてきたのだった。都会に、といってもいい――トーラスとても、サンガラや辺境にくらべればずいぶんと都会なのだから。

（はあっ……こんなに、誰もいねえのは……人っ子ひとりいねえなんて、ひさかたぶりだよな……）

腰のかくし袋に、応急手当用の薬が入っている。イシュトヴァーンは、びしょぬれでからまりつくマントをぬぎすて、痛むからだをいたわりながら、服をぬいで、しぼってその岸べの木の枝にかけて干し、髪の毛もぎゅっとしぼった。水がびっしょりとしたたりおちて気持が悪い。靴のなかまでも濡れている。靴をぬいで、水を出し、それも木の枝にひっかけた。よろい下の上下一枚になって、からだのあちこちをそっとあらためる。

剣がないのが不安でたまらないが、このさいどこにも剣を入手できそうな場所はない。ちょっと考えてから、何もないよりはマシだろうと、イシュトヴァーンは、そのへんの木の枝を折りとって棍棒がわりにした。それでちょっとだけ心丈夫になれた。

（この左手の傷は……なんてこたあないかすり傷だ。こっちはいてえな……痛いが、骨は折れてない……うん、おおむね、大丈夫だな……）

それほど大きな怪我は受けてないのをいちいち確認しながら、かくしから出した薬をあちこちの痛む打撲傷に塗った。薬もむろん濡れてしまっていたが、これはしっかりと密閉した包みに入れてあるからなかみそのものは心配はない。

（くそ……酒が欲しいけどな……いや、当分酒はやめだ。くそ、あのとき、俺が……夜の酒が残ってなけりゃ、あんな……）

不覚はとらなかったのだ。流れにもういっぺん身をかがめて顔をあらい、手で清冽な水をすくって飲んだ。空腹だったが、まだ飢えているというほどでもない。それよりも、体のあちこちが痛くて、ひたすら休みたい。

（いま、敵に出てこられたら……ちょっとな……）

それがスカールだったら――と考えるのはイシュトヴァーンはやめにした。それはちょっと、考えるのもしんどい。

（あの野郎……認めてやるのはくやしいが、さすが、黒太子のどうのと世界に名をとどろかせてるだけのこたあるな……この俺さまを――〈紅の傭兵〉をこんな……目にあわせるってのはな……）

（くそ、めっぽう、強えや、あの野郎……）

イシュトヴァーンはそういうことについては、あまり身やフタはない。自分自身についてもだ。というか、そうして力の差などを冷静に見極めるからこそ、正しい対処ができるのだ、ということはわかっている。最初は、おのれが昨夜飲んでいたからだ、と思いたかったが、冷静になって、一番ふとい木の根方に身をなげだし、しかしすぐにつかみとれるよう即席の棍棒はかたわらにおいたまま、からだと髪の毛をかわかしていると、そうではないことが自分にははっきりとわかっていることがわかった。

（くわばらくわばら。……世の中には、けっこう、強え野郎もいるもんだな。……あれは、剣が折れなくても……たぶん――）

おのれの剣も戦いかたも、何もかも自己流、無手勝流、正規に習ったものでないことはわかっている。だが、正規に習ったものよりもはるかに強烈な殺気や狂気、あるいは強引さでもって、これまで、どんなちゃんとした戦い方をおさめた戦士たちをも圧倒し、うちまかしてきた。その意味では、（俺の無手勝流は世界一……）だと思ってもいる。

だが、スカール――

（あれは、自己流じゃあどうにも歯がたたねえな。……たいていのお行儀のいいやつらは、俺がおのれが傷つこうがなんだろうが、かまわずに嚙みついてゆくと、お行儀がいいだけに、ひるんで――そこに俺の勝機があるんだが……）

スカールは、むろんアルゴスの王太子として、みっちりと剣技も格闘技も馬術もすべて専門の教師について鍛えられたのだろう。しかもそれはもともとがきわめて強力な、草原の専門家たちのものだが、それに加えて、スカールには、イシュトヴァーンも持っていて、よい戦士には不可欠だと思っている、あの相手を圧倒する狂気や闘気、恐しいほどの殺気もちゃんとそなわっている。それだけでも強敵なのに、それに加えていまのスカールには、リー・ファの仇、という、これはイシュトヴァーンを相手にするときにだけ燃え上がる、おそるべきエネルギーがある。

（ううっ……よく、俺も……生きてたよなあ……）

よくもまあ、生き延びたものだ、生き延びたのが奇跡的だったのだ——そう思うと、いたむ脇腹をおさえて、ふーっと深い溜息が出た。

その最中には無我夢中でひとつひとつ、こまかなことなど考えている余地もないが、思い出してみると、こまかな格闘のあれこれまで、けっこうからだが覚えている。何回かはスカールの拳が当たったし、こちらのも当たったはずだ。それに頬がぴりぴりすると思って、手をやってみると、血がついた。そっと撫でてみる——ざくりと、かなり深く右側の頬をやられている。

（ち、ひとの自慢のつらにずいぶん派手なお飾りをつけてくれやがって。……この先、女の子が怖がってひっかからねえようになったらどうしてくれんだ……）

さっき、女はなるべくなら世界にいてくれないほうがいい、と考えたばかりなのに、もうイシュトヴァーンはそんな脳天気なことを考えている。おのれの容貌にはそれにずいぶんとうぬぼれを持ってもいるし、そのおかげで助けられてもきたのだ。

（あとになるかな。なるだろうな……うまくすりゃ、それがかえって神秘的だの、悲劇的ってことになるだろうが……ひっつれちまうと困るな……）

一応傷薬をぬって、よろい下の一部を歯で切り裂いてあてがった。けっこう肉までざくりと切られたようだ。だが、口の中までは届いていない。

（まあ……いのちを落としてるかもしれなかったんだしな……これでも、文句はいえねえか……つらひとつですむことだったらな……）

イシュトヴァーンは、ぐったりとまた木の下に身をよこたえた。おそるべき戦いの疲労と、傷の痛みとで、そのまま意識を失うように深い眠りにひきこまれてしまいそうだ。だが、まわりに誰もいないからといって、ここがどのくらい安全な場所なのかがもうひとつわからない。

だったら、とっとと、たとえいたむからだをひきずってでも、味方を捜して、とりあえずは安全な場所に——安全な場所とまではいえないまでも、ともかくも部下がいて守ってくれる場所にたどりついてから倒れればいいのだが、イシュトヴァーンは、どういうものか、そうしたくなかった。

むろん、戻っていったらまだ激戦中、ということは十二分にありうる。中空の太陽の位置とようすで見たかぎりでは、まだまだ昼前、いって昼すぎだ。夜中に奇襲がやってきて、そのまま激しく戦い続けるうちに夜があけて来、シランの丘から谷川に飛び込むあたりにはすっかり夜があけていた、とはかすかに記憶している。ということは、流されて、ちょっとのあいだ意識を失い、それから意識を取り戻して岸に這いあがって——おそらくは、飛び込んでからいいところ二、三ザンくらいのものだろう。

本来ならああいう奇襲ではそれほど長く延々と戦い続けられるものではないが、草原の民はしつこいし、体力もある。それに人数的にはゴーラ兵のほうがはるかに多い。ひいてはまた攻撃してくる、というやりかたなら、けっこう長いこと、攻撃がやまないだろう。

（早く、戻ってやらねえと……人数では圧倒的だとはいってもな……さすがに黒太子の兵だけのこたあある。よく鍛えられているし、それに……）

ゴーラ軍だからまだ、寝入りばなにあれだけの奇襲をかけられても崩れ立たずに、イシュトヴァーンの声をききしだい、なんとか立ち直ったが、あれがもしもパロ兵や、昔のユラニア兵、あるいはクムの兵士であってさえ、おそらく、もう回復不可能だろう。そのまま崩れたって、少人数の草原の民にいいように切り崩され、むざんな敗戦を喫してしまうしかないだろうと思う。それほどに、あの奇声、そして剽悍な戦いぶり、それに蛮刀の効果は大きい。通常中原で使っている片刃の剣と違って、その蛮刀はけっこう肉厚の上に両刃で、それでざくりと切り下ろされると、よろいも断ち切れてしまうし、それに切られた肉がはじけて、見るもむざんな傷口になる。それはなかなかに襲われるほうの意気を萎えさせる効果がある。

(それに、やつらも……まだ若いしな……ヤン・インも——ほかのやつらも……)

日頃鍛えてはあるものの、若い分、本当の戦場に出て戦うという経験がかなりみなとぼしい。それだけに、実戦で思いもかけぬそういう野蛮で残虐な戦いぶりを目にするとそれに萎縮してしまう。うまくいっているときには、もともとの力よりも多くを発揮できるのだが、そうでなくなるといっぺんに萎えてしまう、というのが若い兵の特徴だ。ましかもそれをうまくなだめてあやつれる老練な兵士は、ゴーラ軍にはあまりいない。まただからこそ、イシュトヴァーンが非常にうまくあやつることができているのだ。

(まあまさか、あいつらが、数でいったらたぶん十分の一くらいのあいつらに全滅させられるなんてこたあ、ありえないとは思うが……ちりぢりにされるってことも……しかし……けっこう被害は出ちまうかも……)

そう考えれば考えるほど、一刻も早く戻らなくてはならないのだが、イシュトヴァーンは、なぜか、動き出す気になれなかった。

むろん、からだのほうがつらくて、この崖をよじのぼっていって、敵が待ちかまえているかもしれぬ戦場へ戻ってゆくのがかったるい、ということも当然ある。だが、どうも必ずしもそれだけでもない気がする。

(ああ……小鳥がないてやがらあ……)

イシュトヴァーンは、濡れた髪を両手でひろげてかわかしながら、ふうっと深い吐息をしぼりだした。こんなにのびのびした気持になったことはこのしばらくではじめてなのではないかと思う――こういう状況のもとで、のびのびした気分になる、ということ自体が、ひどくおかしなことではあったのだが。

（あれは何の鳥だろうな。……矢があったら、とって、焼いて食えるのにな……いや、まあ……そのへんを探せば食える実とかがありそうだな……）

なんとなく――

おかしなことに、イシュトヴァーンは、ちょっと浮き浮きした気分に自分がなりかけているのに気づいている。

からだは痛いし、スカールには遅れをとったし、味方とははぐれるし、その味方の情勢は心配だし、という最悪の状況であるにもかかわらずだ。――それなのに、なんだか、イシュトヴァーンは、このしばらくではじめてというほど、のびやかな、からだじゅうから本当の意味で力が抜けてリラックスしてゆくような、そんな奇妙な気分にとらわれている。

（ああ……誰もいねえなあ……ここはなんて静かなんだろう……）

ちゅん、ちゅんと小鳥だけが梢でさえずり、しずかに谷川のせせらぎがずっと続いていて、そしてさわさわと風が吹きすぎてゆく――そんなしずけさを、もういったいどのくらい味わっていなかったのだろう、という気がするのだ。かつては、そんなものは——ほんのちょっと馬をとばして、城塞の外に出ればそこはもう深いサンガラの山中だったし、あるいはスタフォロスの辺境——ノスフェラスの砂漠、どこにいっても、《一人きり》になるのはごくごくたやすいことだった。

そして、そのなかで、イシュトヴァーンはべつだん何の寂しさも人恋しさも感じないで生きてきたはずだ。というより、もともと、チチアで育ってくるときにも、幼いころこそ片腕の博奕打ちコルドが育ててくれたものの、それもこまやかな世話とはほど遠く、ただ食事を与えて、博奕を教えてくれただけ、ほとんどひとりで勝手に育ったようなものだと思っている。コルドが殺されてからは、チチアの売春婦たちのひも気取りで、ベッドからベッドへ渡り歩きながら、それなりに楽しくやっていた。そして、自分のねぐらは大事にして、絶対にそこにはひとはよせつけなかった。何があろうと、傷ついたり、ひとりになりたいときに、誰も近づけないねぐらだけは確保しておかなくてはいけない、と動物の本能のように確信していたのだ。

（だのに……ああ、いつから俺はこんなに……）

一人でいること——まわりに他の人間がいないこと。

たったそれだけのことが、いったいいつからこんなに困難になってしまったのだろうと、イシュトヴァーンは不思議に思う。——本来は、自分は一人で暮らし、一人で生き、一人で死んでゆく人間だと――生まれてこのかたずっと一人だと、たしかヴァレリウスにも大見得を切ったはずだ。それが、いつのまにか、マルコだの部下たちだの、カメロンだの――アリサだの、アムネリスだの、その侍女だ、近習だ、小姓だ、親衛隊だ、参謀たちだ、建築家だ、楽士だ、身のまわりの世話をする係だ――と、顔も名前も覚えきれぬくらい、大勢のうぞうむぞうに囲まれ、ひとがまわりにいない瞬間というのはベッドのなかしかないくらいに、朝から晩までひとに囲まれている生活になってしまっていた。

（いつからこんなになったんだ……いったい、俺は……いつからこんなに、自由でなくなったんだ……）

そう――自由。

それこそは、彼が、長年、おのれの最大の特性と見なしてきたものであったはずだった。だのに、モンゴールの将軍となり、それからモンゴール大公の夫となり、そしてゴーラの王となり――どんどん、望んでいたはずの出世と、さいごの望みであったはずの玉座を手にいれてゆく途上で、彼はどんどん自由でなくなっていったような気が、いままざまざとしている。

（俺は……なんだか――なんかすごく大事なことを忘れていたのかも……）

（ああ……なんだか、すげえひさびさに――思う存分呼吸してるような気がすらあ、おかしなもんだな……）

一人になったというだけで、こんなにも自由でのびやかな解放感を味わうとは――そのこと自体に、かれは少し愕然たるものがある。

（ってことは、俺はこんなにも――あの宮廷で、なんじゃかんじゃ、しょっちゅうイチャモンばかりつけやがるうるせえやつらにかこまれてるのをイヤがってたってことか……）

あたりは、しんとしずまりかえり、さんさんと昼の陽光がふりそそいでいる。パロスの平野部の丘陵地帯だから、山といってもなだらかで、木々は緑が濃く美しい。木もれ陽が谷川の水にちらちらあたって、複雑な素晴らしい輝きをつくる。どんな宝石の輝きよりも美しい、どんな天才的な技工士にも作り出せない輝きだ。しずかな午後――小鳥の声、そして谷川のせせらぎ。

（ああ……なんて、ここは……のんびりするんだろう。生き返るようだ……）

イシュトヴァーンは、おのれの神経がそんなにも、まわりの連中といることでいためつけられていたのかと思った。

（なんだか……俺はずいぶん――ずいぶん、不幸だったんだなあ……）

おのれの思いをことばに言い表すことはイシュトヴァーンの得手ではない。だが、その分単純にものごとの本質をあらわすことはできる。彼は、まるでひさしぶりに自分がいるべき本当の場所に帰ってきたような気がしていた。そこは、まったく見知らぬパロス中部のどこかの丘のかげの谷川のほとりでしかなかったのだが。

（俺は……）

なんともいえぬ、奇妙な思いが、イシュトヴァーンの心をふいにつきあげてきて、いつのまにか、イシュトヴァーンは、そこにきちんと座りなおしていた。さんさんとふりそそぐ日が、枝にかけた彼の、ゴーラ王のよろいと胴着、それにつやつやと輝く濡れた黒髪にあたって、あたたかく、ここちよい調和を作り出している。

（俺は……このまま――どこかへいっちまおうか――何もかも捨てて……）

ふいに訪れたその誘惑は、あまりにも甘美でしかも圧倒的であった。泣き出したくなるほどに、素晴らしく、そしてあらがいがたかった。

（何もかも捨てて……誰も知らないとこへ……そして、楽しくやるんだ……何もかも一から出直し、なんもかも、チャラにして……）

（ゴーラ王なんて……おれには似合いもしなかったのかも……王になってみたって、面白いこたあなんにもなかった……こんな、いまみたいないい気分になったことは……うんと久しぶりだ……モンゴールの将軍になってからはもうずっと、なんだかいつも腹のところにイヤなかたまりがあるみてえだった……）

イシュトヴァーンは、おのれのなかをいきなり占めてしまった、茫然とするような考えにうちのめされて、きらきらかに輝く谷川の水のなかの光の乱舞に凝然と目をそそいだ。

2

（そうだ……いま、いまなら……誰も俺をとめるものはないんだ……）

誘惑はあまりにも甘くささやきかけてくる。イシュトヴァーンは——もともとことのほか誘惑にはもろいというか、むしろすすんで誘惑の魔手に身をゆだねるたちである——うっとりとその思いに身をまかせた。

（誰も俺がどうなったか知らない……スカールと戦って谷川に飛び込んだところまでは見ていたかもしれねえが——そのあとどうしたかは……流されていったと思って下流を捜索にかかるかもしれないし……だが、それまでに俺がとっととこの森のなかに入っていっちまってりゃあ……）

両側には崖がそびえているが、それはのぼれないほどでもない。崖の上にはおそらくまた、イラス平野のおだやかな森林がひろがっているのだろう。そのあいだにまぎれこんでしまえば——イシュトヴァーンはうっとりと夢想した。

（自由）

思えば、思うほどに、それこそが、おのれのずっと長いあいだひそかにこがれ望み、待ち望んできたたったひとつのものではないのか、という気がしてくる。なってみたけれども、いざ粒々辛苦のはてに長い長い夢だった王座についてみれば、それは決してイシュトヴァーンの性にも気質にもあうものではない、ということを発見したにとどまった、ような気がする。王になったという喜びや誇りはむろんあったが、それよりもずっと、偉くなってゆけばゆくほどいやなことや、うんざりさせられること、したくもないことばかりが確実に増えてゆく、ということに気づかされたような気がする。

(俺は……絶対、昔のほうがずっと幸せだった……チチアにいるときだって俺は幸せでそれなりにうまくやってたし——あちこち傭兵稼業のかたわら適当によろしくやりながら遊びまくってたときも……あんときゃいろいろといい顔もできたしな……いい思いも——それに、ゾルーディアなんかにもぐりこんでうろついたり——財宝があるってうわさをきくと、盗賊仲間をかたらってどこへでも出かけた、あのころ——それから、赤い街道でなかなかはぶりをきかせてたあのころ……)

思うほどに、自分は前のほうがずっと楽しく、陽気で、幸せだったのだし、そうでなくなったのは全部、王になってからではないか、という気がしてくる。

(王になってからは……いや、将軍様になってから、なんにもいいこたなかった……嫌なことばかりだった。つまらねえ女を抱かなきゃならねえし……したくもねえ挨拶だ、毎朝の儀礼だって……あんなことをしたいために俺は王になったわけじゃねえ。もしも、王になるってことの実体がこんなもんだと誰かがいってくれてりゃ、俺は絶対……そんなもの、ねがいさげだと……云っただろうに……）

（そうだ……もう、たくさんかもしれねえな……もう、一度王になれるんだってことを証明してみせりゃ……俺はそれでもう……負け犬じゃあねえんだから……）

あとは、やりたいようにやればいい。

ただひとり、何も持たず、だが意気軒昂としておのれを信じて楽しくやっていたあのころに——戻れるだろうか。

（むろん、戻れるさ……俺はこんなにまだ若い——その上前よりもっと強い。いまのほうがなんでも知ってる……）

ゆくさきざきの居酒屋で、半モールトのつぼ入り火酒、それにうまいつまみとさいごにかるやきパンをそえたシチュー——そして、かみたばこと大好きなヴァシャの乾果、色目を使って腰をくねらせる居酒屋の女たち——夜ごとの気儘な放蕩と、旅から旅への自由な暮らし。

そのヴィジョンが、圧倒的な魅力でもって、疲れはてたイシュトヴァーンの心をとらえた。イシュトヴァーンは、いつのまにか、目に涙さえうかべんばかりに、うっとりとその光景を思い浮かべていた。

(そうだ……俺はそういう人間なんだ。……俺が、おえらがただの、国際情勢だの……そんなものに心を砕くなんて、そんなばかばかしいこと……何も似合っちゃいねえ。俺はやっぱりただの〈紅の傭兵〉――そのほうがいい……)

ひとたび、あれだけのことをしでかしつづけ、イシュタールという立派なおのれの首都をもととのえる大事業にのりだし――そして、小さな国ひとつ分の人口ほどの、三万という大軍を率いて、中原に名だたる王国パロに侵略の兵を出し――

それだけのことをしてのけた人間が、いったい、そう思ったからといってその翌日から一介の傭兵に戻れるものかどうか、などということは、イシュトヴァーンの脳裏にはいっさい浮かんでもこない。マルコや、彼を信じてついてきているたくさんの騎士たち、隊長たち、兵士たち――また、イシュタールで待っているものたちのことも、ゴーラ王と名乗ったものの責任も、いまのこの情勢ののっぴきならなさも、イシュトヴァーンの脳裏から消えうせた。

(そうだ……俺は、ここからとんずらこいて自由にやってやる……それが俺には一番似合ってる――俺は、自由になるんだ。あばよ、みんな……すまねえな、俺は行くよ……恨まねえでくれ。俺にはどっちみち、ゴーラ王なんてものは似合っちゃいなかったんだ)

イシュトヴァーンはいきなり、たまりかねたように跳ね起きて、髪の毛がかわいたかどうかちょっと触ってみ、それから枝にかけた服をひったくった。まだそれは濡れていたが、太陽も高くのぼってきているし、着ているうちに乾いてくるだろう。よろいだけは、内側がびしょびしょだから、これは肩に背負ってゆけばいい。

（剣があると心丈夫なんだが……とりあえず、どっかで……家でもあったら金はかくしに入ってるから、それで買うか、さもなきゃ死体でもあったら……ククッ、それじゃ、戦場かせぎじゃねえかよ、イシュト……おお、そうとも。俺は陽気な戦場かせぎだ。そうだとも、俺は六歳のときから戦場かせぎで食ってた、悪くて無頼で陽気なやつなんだ）

なんと長いこと、そのおのれの本性を忘れていたのだろう——そんな思いにとらわれて、イシュトヴァーンはいそいで服を身につけにかかった。その瞬間には、完全に、イシュトヴァーンは本気であった。何もかもほかのことはきれいさっぱり、頭のなかから消え失せた。うしろめたさも感じなかった——ただ、そうすることが、そうすることだけが正しいのだ、というやみくもな情熱が彼をとらえてしまっていた。王になる、という激しい情熱にとらわれて、何もかもほかのことはどうでもよくなっていたころのようにである。

（どこへゆこう——まずとにかく、パロを出よう。ここは俺にはどうもあわねえ……そうだ、俺は、やっぱり沿海州の人間だ——ひさびさに、海に出よう——盗賊はもう充分だ。こんどは……海賊に戻ってやろう。あのマグノリアの島のまわりを、ランと組んで荒らし回っていたころ……あれは十六、七、八くらいのあいだだな……あのころに戻るんだ……きっとなんかいい出ものの船が見つかる……）

七つの海に乗り出し、冒険をかさね、そして無頼な暮らしにあけくれて、掠奪した財宝を蕩尽し、とらえた女たちに愛されて放埒だが愉快な生活を送る。飲んだくれて船の上で眠り、さわやかな海風に吹かれて目覚める。

思っただけでからだじゅうがわくわくしてくるような感じがした。イシュトヴァーンはもういっぺんぎゅっとよくしぼってから足通しをつけ、長靴のなかをそのへんのやわらかい草の葉で拭いて、じゅくじゅくと水が気持悪くにじみ出てくるのを少しでもふせごうとした。スカールに痛められた手を何回かそっとふってみる――まだ痛かったが、あのときのおそろしいしびれは薬をつけて、少し休ませたあとではだいぶん回復してきていた。イシュトヴァーンは手首をまげのばしして見、それからよろい下をもうちょっと歯で裂きとって、手首にぎゅっときつく包帯をした。それで、ほとんど右手も元通りに近く動かせるようになった。

せっせと、胸を楽しい無責任な予想ではずませながら、そうした準備をしているイシュトヴァーンを――

誰かが、見ていた。

ふいに、何かが――それこそイシュトヴァーンの動物的な本能だっただろうが――それを、イシュトヴァーンに教えた。

突然、何の前触れもなく、イシュトヴァーンはおのれがひとりではないことを悟った。完全に誰もいないところで、ただひとりで楽しい夢想に心を弾ませていると思っていたのに、誰かがいる――その気配に、イシュトヴァーンは、さながら野獣のように鼻にしわをよせた。剣さえ持っていれば、何も怖がることもないが、丸腰だというのは――たとえにわかづくりの棍棒くらいはあるにしても――なんとも心細かった。

「誰だ」

イシュトヴァーンはそっと云った――まだ大きな声ではなかった。なにものかが近くにいる、ということについては、ほぼ確信してはいたが、まだ、それが敵かどうかについては、断言できなかったからだ。もしかしたら、山にたきぎとりかなにかに偶然入ってきた、そのへんの里人かもしれないし、だとしたら向こうのほうがずっとおびやかされているはずだ。

だが――

「おひさ」

これまでもたれかかっていた大木の上の枝のところから、くすくす笑いを含んでいるような声がきこえてきた瞬間、イシュトヴァーンはがっくりとして、力がぬけた。

「お元気？──うん、まあ、いつも元気そうだよねえ、大将は」

「きさま……」

イシュトヴァーンは、うんざりしながら怒鳴った。

「何しにきた。もうきさまには何の用もないはずだぞ。このくそ妖怪野郎」

「あ。そういうことをいう。なんか最近、みんなだんだん冷たくなってきたみたいな気がするなァ。なぜなんだろ。こんなに美しいのに」

木のあいだから、まるで巨大な人面の蛇のように──というか、ほぼそのままのすがたをしたものだったが──真っ白な長い胴体をうにょーっとのばして、黒髪をからすへびのようにのたくらせながら首から先におりてきた、ろくろっ首のようなものは、むろん、淫魔のユリウスであった。相変わらずザクロ石のように真っ赤に輝く濡れたような唇をし、顔はみだらに美しいが、蛇のような真っ白い胴体がなんとも気持悪い。

「うああッ、気持悪い」

イシュトヴァーンは遠慮えしゃくなく云った。

「あっちにゆけ。妖怪変化め、きさまなんかに用はないんだ」

「あんたになくても、こっちにはあるんだ、……って、これ、才気のないセリフだなあー」

淫魔はニヤニヤ笑いながら、くねくねと降りてきて、大地につくと、こんどはからだの先のほうをたぐりよせるようなしぐさをした。それから、長いろくろっ首を少しづつちぢめて、もとのすがたに戻るのを、イシュトヴァーンは呆れて眺めていた。むろんユリウスはすっぱだかであった。

「やーれ、やれと。やあ、嬉しいなあ、脱いで待っててくれたんだ。……やっぱ、いいカラダしてるねえー。あんたって着やせするよね。一見細く見えるけど、筋肉ついてて、それもごつくないしなやかな筋肉で、じつーに僕好みのカラダだなあー。いつも脱いでなよ、そのほうがひきたつから」

「きさま……」

イシュトヴァーンは怒って、中が濡れていようとなんだろうとかまわず、急いで服を身につけ、靴をはきおえて、よろいをひったくった。むろん、いつでも振り回せるように棍棒はすぐ近くにひきつけてある――それが、いったいこのぶきみな古代生物の妖魔にどれだけ効果があるものかはとても信用できなかったが、何も武器がないのではもっと不安だった。

「あーあー。着ちゃうしィ。もったいな、せっかく脱いでるんだから、誰も見てないし、一回くらい＊＊＊させてくれたっていいのにな……」

「きさまとは、話はせんぞッ」

イシュトヴァーンは、グインのように怒鳴った。といっても、このしょうもない古代の淫魔にからかわれた相手は、たいていそんな反応をするのだったが。

「なんで、こんなとこにあらわれた。あっちへ行け。失せろ」

「冷たいこといわないで。ちゃんと、お使者にきてやったんだから」

「お使者だとッ。またあのくそじじいの魔道師野郎か。もう、いいか、俺はもう、とことん魔道師野郎はごめんだ、いいのも悪いのも、じじいも若いのも、白だろうが黒だろうがだ。俺の前から消え失せて、じじいにそういってやれ。俺は二度と魔道師と名のつくもんとはかかわらねえとな」

「そうはゆかないよ」

ユリウスはぺろりと赤い舌を出して唇をなめた。

「ねえ、お兄さん、ケガしたの？ 男前の顔に、もったいなーッ。そのままにしといたら、あとになって残っちゃうよ。ま、それもそれでちょっとカッコいいかもしんないけどォ、直るように、ユリちゃんがペロペロしてあげちゃ駄目？ ユリちゃんは一応古代生物だから、唾には薬効があるんだよ。いま舐めれば傷残らずに直るから。これホント」

「やめろ」

イシュトヴァーンは世にも獰猛なうなり声をあげた。

「俺に近づくな。いいか、そこから一歩でも動いてみろ、妖怪……」

「どうするのさ」

しょうもないユリウスはいって、ひょいと空中にのびあがった——上半身だけ。

「アンタ丸腰だし、それでどうやっておいらに勝つつもり？　その棍棒でおいらをどうしようっての？　＊＊の＊を＊＊＊＊つもりなんだったら、それはそれでちょっとイイかも……でもおいらとしちゃ、アンタ自身の……」

「うるさい。黙れ、この色狂い妖怪」

「あ、色狂いって云わないで、傷つくから。淫魔って云って欲しいんだけどなあ」

「誰が云うかッ。——いいか、とにかく、じじいに云ってやれ、俺はお前なんかとは永久にかかわらんとな」

「だってもうたんとかかわっちゃったじゃん」

ユリウスはずるそうにいった。イシュトヴァーンは、ふしぎなことに、それをきくなり、ただ悪態をつくのをやめて、すっと目を細めた。

「なんだと」

彼は用心深く云った。

「いま、何といった。淫魔野郎」

「もう、たんとじさまのおかげでいろいろ大変になっちゃったんじゃんって、云ってんのさあー」

ユリウスは気持よさそうにいった。

「また、アンタら単純だから、面白いようにひっかかるよね。……あのね、じさまが、もうよろしかろうって……お迎えにゆけっていうから、きたのさッ」

「お——お迎え……だとォ?」

「そう。だって、このままじゃアンタ路頭に迷っちゃうじゃん、気の毒に。……ほんとんとこ、あの草原のやどなしおやじがこんなとこでかかってくるってのは、あれは、じさまもちょっと計算違いだったたっていうか、ついうっかり計算に入れ忘れていたっていってたよ、ヒョホホホホホホ」

ユリウスは、あるじの〈闇の司祭〉そのもののような笑い声をたてた——もっとも、グラチウスがいつものようにユリウスのからだを通して話しかけてきたのではなくて、それはユリウスがものまねをしたにすぎなかった。

「だからおいら、じさまに、アンタでも計算違いすんだね、いよいよボケがきたんじゃないのっていってやったんだけど。——怒ってたよ、じさま。でも、あんだけいろいろ周到に仕組んでおいて、さいごにそんな、たかが生身の人間の私怨にしてやられるって、ホント、マジ、ドジ。あのじじい」

けけけけけけ——とユリウスは耳障りな笑い声をたてた。が、イシュトヴァーンはそれどころではなかった。

「なんだと」

　こんどはいきなり、物騒な怒りの光に目を爛々と燃え上がらせながら、彼は叫んだ。

「もう一度、ほざいてみろ。……なんだと。あれだけいろいろ周到に仕組んだ、といったな、いま、きさまはッ！──ああー、そうかッ！　まさかと思ったが──さては、あのタルーにゾンビーの兵を貸して俺を襲わせたのも──わけのわからん軍勢をちょろちょろさせて、俺の兵をおびきよせたのも、みんなきさまのそのじじいのさしがねだなッ！」

「まあー、ねー」

　隠す気もない、というようすで、いかにも平然とユリウスが答え、そして空中にこれみよがしに寝そべって妙なしなを作った。

「だけどべつだん、アンタはそれでやられやしなかったんだし、じじいだって、それでアンタをやっつけようってつもりじゃないんだから、なーにも怒ることないじゃん。じさまはただ、アンタがマルガに入るタイミングを調節したかっただけだっていってたよ。じあんま、早くアンタに到着されるとマズイんだってようー。といって、アンタがシュクでひっかかっちゃうのもマズイし、レムちゃんやヤンちゃんにやっつけられちゃうとそれはそれでつまんねえしなって。じさまもねえ、もっと同じ陰謀するんだったら、さいごまでケツもちゃあいいのにさ、このところ、ヤンちゃんもグラじいも、とかく準備万端はあれこれ仕掛けるんだけど、どうも仕上げがお粗末なのさ。どうしてか知ってる？」

「……」

「あのね、いま、キタイが大変なのよう」

ユリウスは面白そうにしなをつくって腕をあげ、そのなまっちろい腋窩のかげから流し目でイシュトヴァーンを見やりながら云った。

「けっこう、あの小生意気なキタイ独立運動の小僧が勢力のばしてきてね。……だもんで、ヤンちゃんはこのところ、なかなかパロどころじゃなくなって、前よりかずっとシーアンとホータンに戻ってるときが多いしさあ、それでグラじいもこりゃー面白い、もしかしてこれってついに宿敵ヤン公をやっつけるチャンスかなってんで、けっこうキタイをちょろちょろしてまた《暗黒魔道師連合》かなんかで陰謀めぐらしてるわけ。だもんだから、そっちもこっちも同時になんとかしようなんてつまらねえ欲ボケかいてるもんだから、じさまたち、なんか仕掛けたはいいけど、間に合うようにこっちに戻ってこられなかったりするのよう。——確かにあの二人とも、すげえ大魔道師だからさあ、普通よりはずいぶん早く《閉じた空間》でいったりきたりできんだろうけど、それにしたって、キタイからパロまでじゃあ、ねー」

ユリウスはいよいよ面白そうにいった。

　これは、しかし、お察しのとおりいまユリウスが並べ立てたことばは、グインであったらさぞかし興味津々であっただろうが、イシュトヴァーンにはまったく何のことだかちんぷんかんぷんであったので、ほとんどその八割がたは耳を素通りしてしまった。だが、とにかくかんじんかなめのポイントだけは、イシュトヴァーンの脳にもしっかりと届いた――「いま、ヤンダル・ゾッグもグラチウスも、キタイの情勢に気をとられ、キタイとの往復に時間をとられているので、前ほどこまめにパロにちょっかいを出すゆとりがもてないでいる」というくだりだ。イシュトヴァーンは、かすかに目を細めた。そしてこの情報を、しっかりと心にとめた。

　もっとも、それから、自分はもう、すべてそういうごたごたを放り出して、自由にむけて逃走するつもりであったことを思い出して、ひとりでひそかに苦笑した。

「なんだってかまやしねえ」

　乱暴にイシュトヴァーンは云った。

「俺はもう、そんなことには興味はねえんだ。かかわりあうのもやめた。何が目的で俺と俺の軍勢にちょっかい出したんだか知らねえが、おかどちがいだとじじいに伝えとけ。俺はもう、なんもかんもやめたんだ」

「なんもかんもって、女はやめたってこと？　じゃあ、オトコに転向してくれんの？」

「ばかいってんじゃやねえ」

イシュトヴァーンは歯をむいて笑った。

「いや、云いたきゃ永久にばかをいってろ。俺にはもうなーんも関係ねえや……なんも関係ねえってのがここまでいい気分のもんだとは思ってなかったな。いいか、おかま野郎、俺はもう、ゴーラの王様もなんもかんも関係ねえんだ。やめたんだ」

「へええー」

ユリウスは慎重にいった。そして、からだをぐねぐねときれいなとぐろをまきあげるのに熱心なふりをした。

「本気だぞ。この淫魔野郎」

イシュトヴァーンは云った。

「だから、もう、俺を追っかけまわしたり、俺をワナにはめようと思うのはやめにしたほうが得策だぜ。俺はもう、なんも中原の情勢だのなんだのにゃ、関係ねえからな」

「なんでさ」

ユリウスはニヤニヤしながらいう。

「これまでアンタ、王様になることだけが生き甲斐で、そのほかのこたあどうでもいいって、出世病だったじゃないの。なんだって急にいやけがさしたわけ。なってみたら、思ったほどよくなかったってわけ」

「まあ、な」

イシュトヴァーンは肩をすくめた。

「そんなようなもんだ。まあいい——とにかく俺はもう行く。お前の相手をしてる暇はねえ。……じじいがタルーをけしかけたんだったら、それはそれでそのうち機会がありゃあそのよけいなお節介の礼はさせてもらうが、いまんとこはそれもこれももうどうでもいいや。いま俺はな、まるっきし、生まれかわったようなすがすがしーい気分なんだからよ。……まったくだぜ。もっと早くこうすりゃよかったんだ……そうすりゃ、何の問題もなかったんだな。ほんとに、つまんねえ回り道をしちまった。俺が本当は何をしたいのか、どういう人間なのかわかるのに、いっぺんゴーラ王とまで呼ばれる身になってみなくちゃいけなかったってのはな……」

「あんた、勝手だなあー」

さしものユリウスもちょっとへきえきしたように云った。もっとも本当にへきえきしているのか、それともそうと見せかけているのかは、この奇妙な生物の場合、誰にもわからなかったのだが。

「それってあまりにも身勝手じゃない？　だって、そしたら、そんなことといったら、丘の向こうでいま、せっせと黒太子の騎馬の民をやっつけてる真面目なアンタの部下たちはどうなんのよ？　可愛想に、早くアンタを見つけにきたいのに、騎馬の民が邪魔するもんだから、しょうがないからまあとにかく、まずこいつらやっつけないとっていうんで、すごい心配しながら、せっせと騎馬の民あいてに掃討戦やってるよ。これがまた、騎馬の民ってやつらが、ちまちま逃げ回ったり、小回りきくもんだから、片づけにくいんだー。人数は多くないけど、ああいう、ちょこまかかくれたり飛び出したりして邪魔するのこそ、あいつらにとっちゃ一番の得手だからね」

「もう、関係ねえといってるだろう」

一瞬、かすかな胸のいたみを感じながら、イシュトヴァーンは激しくいった。

「俺はもう——何もかも関係ねえんだ。パロも中原もゴーラもなんもいらないんだ。俺は——俺だ。俺はただ一介の傭兵イシュトヴァーンに戻るんだ」

3

「そんなこと、云ったって、さあー」

ユリウスは口をとがらせた。どういうわけか、さしもの淫魔でさえ、イシュトヴァーンのそのようなところを見ていると、多少義憤にかられてしまうらしかった。逆説的にいうならば、それこそがもしかしたらイシュトヴァーンの一番驚嘆すべき点であったかもしれない――かのユリウスでさえ、真面目にさせてしまう、というのが。

「じゃあ、あのマルコっちはどうすんのよ。可愛想じゃん。あの人、あんなに忠実にさあ、これまでほんとに頑張ってアンタについてきて、いま、マルガにいってんでショ。アンタのためにさ――もしかしたらそれで帰ってこないかもしれないけどって、それも承知の上で、アンタのためにさ――ほかの連中だってみんな、云っちゃ何だけど、アンタひとりのためになんじゃかかんじゃ、大変なわけじゃん。だのに、自分ひとりそーんな、こういうとこでいきなしなんもかんも投げ出しちゃって、それでいい、ですむと思ってんの、え？　アンタもう、ゴーラの王様なんでしょ、ええッ？」

「そんなことは、俺の知ったこっちゃねえ」

イシュトヴァーンは、ユリウスがけしきばんだのをみてちょっといい気分であった。まるでユリウスと逆になったかのように、陰険にニヤニヤしながら彼は云った。

「そういうことを考えてたらなんもかんもどんどんしがらみにおっかからまれて不自由になってゆくばかりなんだ。おらあもうやめだ――なんもかんもやめた。もう、なんとでもいうがいいや。人非人とでも、極悪非道のごくつぶしとでも人でなしとでもな。俺は痛くもかゆくもねえ。俺は俺のやりたいようにすんだ、ただそれだけだ！」

「そりゃ、だから、アンタはそれでいいだろうけどさ！　アンタはさ！」

珍しく真面目に怒って、ユリウスは真っ赤な唇をぱくぱくさせた。

「それってあんまりなんじゃーん？　そんなんで世の中通っちゃうんだったらね……世の中なんぼなんでも、そこまで甘くはないんじゃないのぅ？　ええ？」

「だったらみんなして俺に怒ってりゃいいじゃねえか」

こうなると怖いものなし、という感じでイシュトヴァーンが獰猛に笑った。

「俺は屁でもねえよ。とにかく、俺はもうやめた、やめたんだ。それだけだよ――誰が何をいおうと無駄だ。もう、こんなことはやめたんだ。俺にはむいてねえ――俺はもっと、のびのびと楽しく生きるんだ。楽しいってことだけが、生きる値打ちのあることだろう。確かにおりゃこのところもう長いあいだ、楽しくもおかしくもなかったよ。だから、すっかりくさっちまってたんだ。くそったれ――もう、やめだ、やめだ。中原がどうなろうと、俺には関係ねえや」

「マルガの寝たきり美人もほっちゃうわけ？」

ユリウスは云った。イシュトヴァーンはちょっとだけ痛いところをつかれて、びくっと反射的に首のペンダントに手をやったが、ひるみはしなかった。屁理屈合戦でなら、負けたことはないのだ。

「そりゃ話が違うだろう。そもそも俺をほっちゃろうとしたのは、ナリスさまのほうだぜ。ナリスさまが運命共同体だっていうのを信じて――ナリスさまとかたい約束したから、それでナリスさまがああして謀反してくれたんだと思ってさ。その意気にこたえるべく、俺はまだいろいろやらなきゃならねえことのあるイシュタールをおいて、こんなとこまでやってきたんだぜ。だが、ナリスさまは、俺が――俺がいらねえんだろう。いらなくなっちまったんだろ。だったら、なあ、ユリ公、俺のほうだってナリスさまは知らねえ、そうじゃねえか？　おらあ、自分を欲しがってもくれねえ人のために押し掛け味方をやるなんざ、格好悪い真似はこんりんざい沢山だよ。こっちから何回使者を出しても、何の返事もねえなんて……スカール野郎はいいとこに襲ってきてくれたのかもしれねえぜ。もしもきゃつがこなかったとしたら、俺はいよいよマルガの入り口で立ち往生だったかもしれないんだ」

「だからさ！」

ニヤニヤしながら、態勢を立て直したようすでユリウスがいった。

「だから、そしたら、お姫様をさらっちゃえばいいじゃん！」

「なんだと」

イシュトヴァーンは恐しく眉をしかめた。ユリウスはここぞとまくしたてた。

「だって、そうだろ？ アンタは、べつだんあのチビの魔道師にゃ何の用もねえんだろ？ それはお師匠じじいも同じことだってさ！ でもって、なあ、アンタはあのお姫様にホレてんだろ？ いや、まあ、おいらのいうような意味じゃないかもしれねえけど、あの人、好きなんだろ？ だったら、チビ魔道師なんか、邪魔じゃん。だけどあいつさえいなけりゃ、マルガなんざ、どうもこうもならないわよ。もう全然たいした軍隊もいないんだしさあ。司令官は寝たきりだし……あとはじじいばっかだし、なーんにもできやしない。だから、じさまがいうにはね……じさまがチビをおさえといてやるから、ちゃっちゃとお姫様、さらっちゃいなよ！ でもって、連れてって、イシュタールにお帰りよ。そうすりゃ、何の問題もねえじゃん。でもって……ねえ、アンタ、いまでもまだ、あの……昔のオンナに未練あんだろ？」

「ああっ？」

イシュトヴァーンはこんどこそ、本気で怖い顔になった。ユリウスはひょいととびのいて、なおも続けた。

「ほら、あの……パロの処女姫ってやつさ、あれ、気の毒にまだバージンなんだぜえ。だって、そりゃそうだよな……旦那は寝たきりの上になんだかんだとうわさがあってさ――アンタ、ほんとはあっちが本命で、いまの女房なんか、全然いらないんでショ？　あっちさえ手に入ったら、もう、いまの女房なんか、こっそり夜中に……ってやつなんでショ？　だったら、いいじゃん、このさい、どう、夫婦そろって手ごめにしちゃう、ってのはさあ。これってちょっと背徳的でいい感じ！　なんだったら手伝うしさあー、それはもうユリちゃんのほうからもぜひお願いしたい。それ、アンタにとっては相当楽しい状態なんじゃない？　どっちもどうせアンタにさからえやしないんだから、別々の塔でも作って監禁してさあ、きょうは旦那のほう、あしたは奥さんのほう、なんならハシゴしてもいいけどさ。それ、いい話じゃん。でもって、そうしたら……アンタがあの夫婦を手ごめにしちゃったら、ケイロニアの豹あたまだって、そうかんたんには――こないだみたいにへろっとはゆかなくて……特に、こないだと決定的に違うのはさあ、あの奥さんのほうは、アンタが好きなんだからささあ……」

「……」

「なんたって初恋の人じゃん？　だったら、そりゃ、たくましくて力強くてハンサムで綺麗でさあ、ヤンチャで……くやしいけど認めてやるよ、アンタ、魅力的だと思うのね。

だから、そりゃ、寝たきりの、しかもなんかもしかして好きなやつがほかにいるかもーなんてダンナよりさあ、どんな貞淑な奥さんだって……もともとがあの子、アンタにイカれてたんだから……不倫のどうのって問題じゃないしねえ。もともとのもとのサヤにおさまるってだけじゃん……」

「はっはぁ！」

ゆっくりと、イシュトヴァーンは云った。ユリウスは、目をまるくした。

「なんだよぅ」

「やっと、わかったぞ、この」

「何だってば。あ、やめて、顔が怖い」

「うるせえ。このど淫魔」

イシュトヴァーンは下品に云った。

「なーるほどなあ、そういうたくらみだったのか。それですっかりなんもかんも読めたぜ。そりゃ、俺が先にあっさりマルガに入ってナリスさまに追っ返されてしまっても、グインが先にマルガにあっさり入っちまっても、困るわけだよなあー。お前らは、要するに、俺がちょうどよくマルガの入り口で立ち往生してるところにやってきて、猫撫で声で、『手伝ってあげるよ』っていうためにすべてを仕組んでたってわけなんだな」

「何いってんだか、人聞きの悪い」

にやにやとユリウスがいった。

「うるせえ。黙ってきいてろ、てめえはもういっぱいイヤってほどしゃべくっただろう。きさまらは、俺とリンダがノスフェラスで言い交わしたこともどうしてか知ってやがるんだな、誰から聞き出したんだか、のぞき見でもしてやがったんだか知らねえが。でもって、リンダは俺のいうことをきくだろう、でもってグインはリンダのいうことをきくだろうってんで、二段がまえ、三段がまえのくねくねした陰謀をたくらんで、ゾンビーの兵隊だの、タルーの引っ張り出しだの――なんだかんだ、まがりくねったワナをしかけて、この機会を待ってやがったんだな。だが、ご生憎だったな――まこと、ドールの小汚え八つの尻尾にかけてご生憎様だったな。俺はもうやめたんだ。もうマジで何もかもイヤになっちまったんだ。きのうだったらすっかり引っかかって――いったい、マルガまできて、ナリスさまにお目にかかれもせずに追い返されたらどうなるんだ、俺の立場は、ゴーラの体面は、部下どもはってくよくよ思い悩んでいたからなあ。渡りに船と、話をつけてくれようっていう、お前らのたくみにのっちまってたかもしれねえがな。だが今日のイシュトヴァーンさまはもう、もとの俺じゃねえぞォ。俺はもう、自由な勝手気侭な傭兵だ。何も俺を縛ることはできねえ、俺に鎖をつけることも、俺にいうこときかせることも出来ねえんだ。生憎だったな、蛇公。きのうの俺じゃなくて。――俺はなんかもう、なんもかもどうでもよくなっちまったんだよォ」

「そんなの、たまたまちょっと誰もいないとこにきてさぼり心が出てるだけなんだから」

しぶとくユリウスは食い下がった。

「またちょっと、いろいろ落ち着いて考えりゃあ、そうか、俺はやっぱし王様になるために生まれてきたんだしって思うよー。そうなってからじゃ、もう、いろいろ投げ出しちまってからじゃ遅いんだからね、しまった、やっぱ俺はゴーラ王なんだって思ったってさあ。いまここでならおいらしか聞いちゃいないし、何も聞かなかったことにしてやっからさ――だから、ねえ、戻ろうよ。というか、このまんまマルガを目指せばいいいんだ。大丈夫、お師匠じじいもマルガ周辺でのたくって待ってるからさ。幸いにしてリンダ王妃はあんまりダンナにショックをあたえないよう、いっぺんにグインともどもやってくるのを避けて、まず自分がマルガに戻って、そんからゆるゆるとサラミスの豹オトコと外交交渉をはじめさせるつもりなんだ。というか、豹あたまそのものが、いろんなことが決着ついてないあいだはマルガには入らないって姿勢でいるからさ。で、すぐにねずみのヴァレ公はサラミスにぶっとんでくだろう。な、チャンスだろ？　もうちょっとで、マルガには、かよわくてなーんにもできない、神聖パロの聖王陛下とそのおきれいな王妃様しかいなくなるんだよ。すっごい、面白いだろ。ちょっとあの草原おやじでだんどり狂っちゃったけど、あれさえなかったら、その話きいたらあんたなんか、血相かえてすぐ飛びついてたような話じゃーん」

「………」

イシュトヴァーンは、じっときいていた。

それを、ユリウスは、脈あり——とふんだ。その黒い目が濡れ濡れと輝いた。

「なあ、お師匠じじいもホントに長い長いことといろんなワナをあっちこっちで張ってきたけどさあ。やっぱあの奴、変なんだよ。あの豹野郎さあ。普通じゃないっていうのかなあ……なんかいろいろとくぐりぬけちゃったり——いろんな都合のいいことおこったりして——もしかして、お師匠じじいの手にはおえねえのかなっておいらでさえホントはこっそり思い始めてるとこなんだけどさ。でも、こんどはきっと大丈夫。だって、知ってるかい。たぶん、あの豹オトコってば、あの紫の目をしたべっぴんが好きなんだぜ。いや、そりゃ、当人は、そうじゃないと思ってるけど、あいつ、ほかはすげえけど、女についちゃてんでうぶいからさ。あのやせっぽちのめんどりだって、ほんとんとこは、可愛想だと思ってるのがついつい愛だの恋だのって誤解してるだけで、あんなの、あいつがホレてるのは、リンダ王妃なんだと思うんだけどなあー」

「………」

「なあ、アンタが一緒にノスフェラスにいるとき、そんな感じしなかったの？　しただろ？　だけど結局アンタがかっぱらっちゃったんだからさあ……でも、さいごまではいただかなかったんだろ？　だって、もしそうなら、処女姫じゃねえもんな。あの女の超能力は、みんな、そこんとこから出てきてるんだってじじいが云ってたし。女って変なもんだよねえ？――だけど、だから、アンタだって、ゆくとこまでいってなかったんだったら、けっこうその未練って残ってんじゃないの？」

「さあね、そいつあどうかな」

「残ってるさあ」

ユリウスはしだいになれなれしく近づいてきた。いくぶん、説得が効を奏している、という自信がわいてきつつあるようだった。だいぶ地上におりてきたし、それでもまだちょうどイシュトヴァーンの顔の前に顔がくるくらいの位置に浮かんではいたものの、かなり接近してきていた。イシュトヴァーンは、黙って見守っていた。その黒い瞳には、こんどは妙に考え深げな色が浮かんでいた。

「なあ、あの娘《こ》かっさらって、やっちゃいなよ。抱いちゃいなよ。そしたら、あの娘だってさあ、もともとアンタが初恋の人なんだもの、喜ぶよ。……いくら、気持はダンナに貞淑だって、オンナだもんなあ。カラダは、そりゃ、満たしてほしいと思ってると思うよー。……アンタにだったら、いうことときくし、ついてくると思うよ、あのじゃじゃ馬。それに、もしそっちのほうがよけりゃ、ダンナのほうをアンタが……おいらがあの娘引き受けたっていいんだしさあ……アンタに化けてね。それだってやっちゃえばこっちのもの……わ！」

イシュトヴァーンは、じっと間合いをはかっていたのだった。

そして、いきなり、安心してまくしたてているユリウスにおどりかかった。油断していたユリウスは、髪の毛をひっつかまれ、ギャッと叫び声をあげた。イシュトヴァーンは隠し持っていた棍棒をふりあげると、それで殴られるのかとさっと身をのばそうとしたユリウスの髪の毛をぐるぐると棍棒にひっからめた。

「何すんだよう」

ユリウスが金切り声をあげた。

「髪の毛、おいらの大事な髪の毛。これだっておいらのチャームポイントなんだから……いたた、痛い、痛い、抜けちゃうじゃないか。何すんだ、やめろったらッ」

「長いから、からめやすいや」

イシュトヴァーンはけらけら笑いながら獰猛に、その髪の毛をぐるぐるまきにした棍棒を引っ張った。ユリウスは悲鳴をあげて頭をおさえながらぐいんと伸びたが、それだけではどうにもならず、まるで棍棒に干された洗濯物みたいにふりまわされ、地面に叩きつけられた。

「いたーいッ！　痛い、痛い、痛い！　髪の毛が抜ける！　はげちゃう、はげちゃう！」

「はげの淫魔ってのも傑作だな」

イシュトヴァーンは笑いがとまらなくなって、馬鹿笑いしながら、地面に叩きつけられてカエルのようにのびたユリウスの背中を足でふんづけた。

「いいか、淫魔。俺は誰にも、二度と指図なんかさせやしねえんだ。ましてお前の師匠だかなんだか知らねえが、〈闇の司祭〉の思い通りになんかさせるものか。大体が、お前らはどっちも、しゃべる生首だの、でっけえ顔だの——わけのわからねえようすではかしあらわれてきやがって、気にくわなかったんだ。たとえ同じ陰謀を俺が思いつくだろうっていう、まったく同じことを助けてくれるっていわれようともな、お前らみたいなウサンくさいやつらには、俺は手を組む気なんか絶対にねえんだよ！　そういっとけ、お師匠とやらにな！　でもって、もう二度と俺をかまうなって云ってやれ。でねえと、今度はこれだけじゃすまねえぞ。からだじゅうの毛をひっこ抜いて、骨をぶち折って、くらげ《フラフラ》みたいにしか動けねえようにしちまうからな。わかったか。わかったか、淫魔」

「わ、わか、わかったから、わかったから、やめて、髪の毛、髪の毛、髪の毛！」

ユリウスはあわれな泣き声をあげた。イシュトヴァーンはいい気持だった。

「さて、どうしてやるかな……どうせ、はなしてやりゃあ、またその妙てけれんな術だか手管だかを使って俺に面倒なことをしかけてくるんだろうし、よし、そうだな、そのへんの枝にでも引っかけて髪の毛ごと干しといてやるか……」

「や、やだーッ！」

ユリウスはいっそう泣きわめいた。

「こんなとこに干されたりしたら、ひからびちゃう！　お師匠じじいはいまマルガで網はってんだから、助けにきちゃくれないよ！　あのじじい、てんから冷たいんだから！　ねえ、お願いだから助けて！　もう悪さしないから！　もう、アンタのとこにゃ、出てこないから！　放して、髪の毛放してくれよう！」

「駄目だ」

無慈悲にイシュトヴァーンは云った。そして、棍棒をひっかけるのにちょうどいい木の枝を、棍棒を手にし、足でユリウスの背中をふんづけたまま物色しはじめた。

「ねえ、お願いだから！　ねえねえ、＊＊＊していい気持にさせたげるからッ！　天国ゆかせたげるから！　これまで一回もなったことないほどいーいお＊＊＊してあげるからッ！」

「まっ平だ」

イシュトヴァーンはそっけなく答えた。そして、容赦なく、ちょっと高いかなり太い木の枝に、棍棒をひっかけ、ユリウスをつるしてしまった。

「い、いった、いたた、いたーッ！」

ユリウスは絶叫した。もしも普通の人間だったら、髪の毛で木の枝からつるされたらそれだけでからだの重みで髪の毛が抜け、血だらけになってひどいことになってしまったであろうが、さすがに妖魔だけあって、髪の毛も普通より相当頑丈にできているらしい。だが、その妖魔にしても相当にこれはこたえたようだった。ユリウスは泣きわめきながら足をばたばたさせ、なんとかからだを空中に浮かせて髪の毛にかかる重みを減らそうとした。その足を、イシュトヴァーンはひょいとひっぱった。ユリウスの胴がにょろりと一ターールばかりものびた。

「どうして、こんなひどいことすんだよう！」

ユリウスは泣きわめいた。

「おいらが何したってんだよう！　お師匠じじいだってここまではしやしないのに！　いくらおいらが不死身だからって、胴がのびちゃうじゃないか、髪の毛がぬけちゃうじゃないか！　ねえ、頼むから、棍棒とってよ、とってってったら！」

「お前はすごい能力があるんだろう。だったら、それで、そんなもの、簡単にからだをのばすなり浮かすなりしてとっちまや、いいじゃねえか」

イシュトヴァーンは皮肉っぽく云った。そして、もうそれでユリウスは片づいたとみなして、あらためてよろいをひろうと、それをすばやく身につけた。いまの騒ぎのあいだにだいぶんかわいていたのだ。ほかにはもう何の荷物もない。

「じゃあな、淫魔、こんど俺の前に出てくる気になったら、そのときがお前が丸坊主になるときだと思えよ。俺はどんな相手だろうが、なんとかしてやっつける方法くらい確実に見つけるからな——とにかく何とかしちまう、そいつがイシュトヴァーンさまだ——そのことを覚えとくんだな。あばよ」

「ちょっ……冗談じゃないよ、おろしてよ。おろしてったら！　ねえ、云ってるじゃないか、お師匠じじいはマルガにいて、おいらの首尾を待って、おいらがアンタを連れてくのを、待って網張ってるんだから、こっちにはきてくれないんだってさあ！　おいらがへましたとなったらますます助けにきちゃくれないよ！　ねえ、頼むよ、なんでもする、なんでもします。おいらのきれいなからだが欲しくないの？　地上最高の快楽が……」

「百万ランつまれてもいやなこったね」

イシュトヴァーンはそっけなく云った。

「淫魔にちょっかい出さなきゃならねえほど、俺は生憎だが不自由しちゃいねえんだ。地上最高の快楽とやらも欲しくねえ。いまの俺が欲しいのはたったひとつ——自由、それだけなんだ！」

「オイヤーッ！」

ユリウスは大声をあげた。

「あああ、行っちゃ駄目、駄目だったら！　ちょっと、イシュトの兄貴、頼むから！

子分になるから！　何でもするから！　なんでも、アンタのいうこと、きくから！」

「淫魔の子分なんかいらねえよ。じゃあな、淫魔。なるべく早く、はげねえうちに降ろしてもらえる誰かが通りかかってくれるよう、神様に祈ってな。淫魔の神様ってのは何だか知らねえけどよ」

イシュトヴァーンは愉快そうにいうと、そのまま、手をふって、歩き出した。うしろでユリウスがぎゃあぎゃあ叫び続けるのはもう、ふりむこうともしない。

「待って、待ってくれよう、イシュトの兄貴、王様、いい男、色男、神様！　頼むよ、お願いだから、せめてこの……髪の毛が全部なくなるとおいらの魔力は……あああ……

……抜ける、抜けるぅぅ……」

うしろからきこえるあわれな叫びがふいにとだえた。

気絶したのか、とイシュトヴァーンは思ったがあまり気にもとめないで、どこかのぼりやすいところはないかと左右の崖を見回していた。あいにくと、このあたりはちょっと切り立っていて、あまり木の根っことかも出ていないようだ。ちょっと先のほうなら、もうちょっと傾斜がゆるやかになっていて、つかんで足がかりにする石や木の根もいくつか出ているようにみえる。

（あそこからのぼるか）

イシュトヴァーンはすっかりからだが元気を取り戻したのを確かめて、勢いよくそちらへ駆け寄ろうとした。

その、ときだった。

「ヒイイッ！」

ただごとならぬ、ユリウスの悲鳴が、イシュトヴァーンの耳をつんざいた。

4

「た、助け……助けてえ……あああ……」

これまでとはまるきりケタの違う苦悶と恐怖を示す叫びだった。

イシュトヴァーンははっとしてふりかえり——そして、激しく身を固くした。

「な——なんだ、これは!」

無人のはずの谷川のほとりに——

ゆらゆらと、世にもぶきみなものがあらわれていた。

巨大な、おぞましい虫《クロゥラー》のような怪物——ぶきみな、灰色がかった胴体の上にオレンジ色と茶色の気持のわるい斑点が散っている。首も胴もないが、頭らしいところには、二本の触角のようなものが突き出し、その下に、巨大な牙のならぶ口が生えた、ぞっとするような怪物だ。

そして、その背に、人間が乗っていた。

「レ……」

イシュトヴァーンは、驚愕しながら口走った。

「レムス……！　い、いや……」

これは、レムスではない。

そんなことにはまったく無縁のはずのイシュトヴァーンにさえ、そのことはひと目でわかった。これがレムスではありえない——たとえレムスの顔と、レムスの声と、そしてレムスのすがたを持っていようともだ。

そのあらわれかたも、世のつねの人間にできるものではなかったし——明らかにそれは、魔道の、それもきわめて力ある魔道の領域のものであった。

「ゴーラ王……イシュトヴァーン——」

《レムス》のくちびるがゆっくりと動いた。そして、かれは、音もなく長い黒い魔道師のマントをひるがえして、怪物の背から宙におりたつと、イシュトヴァーンの前に立った——といっても、そのマントに隠された足はなおも、地面よりも半身ほど高いところにあったのだが。

「その淫魔は、食ってしまっていいぞ。ウパールンギ」

無慈悲なことばが《レムス》の口からもれた。それをきくと、ユリウスはいっそう悲鳴をあげ、むなしくばたばたと両足を蹴り上げたが、それをきくなり、巨大なクロウラーのような怪物は、ぬるぬると、髪の毛をいましめられて動けないユリウスのほうに這い寄りはじめていた。ユリウスの口からおそろしい絶叫があがる。じわじわとクロウラーが這い寄ってゆく。ユリウスは必死に空中に足を蹴上げて木の上にさかさになった。下から、クロウラーがのろのろと木に這い上がりはじめた。

「あんな下賤なものはどうでもいい」

《レムス》が云った。その目は、虹彩のない、真紅のふたつの洞となって、イシュトヴァーンを見るともなく直視していた。

「間に合ってよかった。というよりも、お前がそのような愚かな提案に応じるほど愚かだろうとは、われも思っておらなかったが」

「あんた……あ、あんた、誰だ――な、何者だ……」

イシュトヴァーンは口走った。沿海州の民に生まれ、こういう怪異には、決してほかの者たちよりは遠くない冒険のうちに生きてきたとはいえ、魔道師たちや、グインのようには、そうしたものに耐性はない――というよりも、ユリウスくらいの古代生物ならばともかく、本当の大魔道師となったら、生身の人間の自分ではどうしようもない、ということは、おのれではよくわかっているのだ。

それに、目の前にあらわれたこの、レムスのすがたかたちをしているけれども似ても似つかぬ存在は――なみやたいていの魔道師ではない、ということは、イシュトヴァーンには、はっきりと感じ取られていた。その黒マントにつつんだ全身からたちのぼる何か——おそるべき魔の瘴気、といったものは、まったく、イシュトヴァーンがこれまで見たこともないような圧倒的な恐しい力を示していた。

「あんたは……」

「われの名を知りたいか。ヴァラキアのイシュトヴァーン、ゴーラの僭王よ」

イシュトヴァーンの頭のなかでいんいんと声が鳴り響いた。それだけでイシュトヴァーンは頭がおかしくなったのかとあわてて頭をおさえた。

「が、われの名をきかばもはやもとのぬしには戻れまい。あえて、聞きたいと問うたからには答えてやろう。……わが名は、ヤンダル・ゾッグ。キタイを統べる者にして、やがてはこの世界すべてを統べる者」

「ひ……」

イシュトヴァーンは、ただ茫然と見上げていた。ヤンダル・ゾッグは、いんいんと響く声で、イシュトヴァーンの頭のなかで笑った。

「案ずるな、ゴーラ王よ。……何もぬしに危害を加えはせぬ。……いまその下等な古代生物の淫魔も云っていたとおりだ。われはいま、少々忙しい。……というよりも、きわめて、情勢は切迫している。通常の人の子にすぎぬぬしに説明したところでせんないことだが——キタイのいくつかの地方で、反乱が勃発している。それはみな、われのパロにかかわって不在の隙をねらってひきおこされた。——そして、それを、この下等な生物のあるじが煽動し、しかも望星教団が背景にあるがゆえに、ことは、このわれの魔力をもってさえ、なかなか鎮圧しがたい面倒な状態に発展しつつある。――われは、残念ながらすべてのわざを中断し、いったん、キタイに戻らざるを得ないのだ。どのていどの期間になるやはわからぬ。反乱を鎮圧し、とりあえずまたこちらに出向いてきても、さわりない状態まで各地を制圧しおわるまでであるゆえな」

「あ――……」

「このような火急のさいでなくば、われにせよ、このようなかたちでぬしの前にあらわれるつもりはなかったのだが……万やむを得ぬ仕儀となった。ゴーラのイシュトヴァーン、ゴーラの僭王よ。われと、契約を結ぶ気はないか」

「な……なんだとッ……」

「案ずるな。われは悪魔ドールでもなければ、ひとの魂を贄に要求する、おろかしい黒魔道師のたぐいでもないぞ。われはおのが周到な考えによってのみ動いている、れっきとした一国の支配者、キタイ王だ。確かにこのようにレムスのすがたをかりてぬしの前にあらわれるなど、魔道にうときぬしの目からみれば、あやしくもうつろうが――ぬしにならば、しだいに知ってゆくにつれて、われを理解することは出来るはずだ。われがあやしき闇の力を駆使するとはいえ、いかなる存在であるかについてな」

「……」

「われは、早急にキタイに去らねばならぬ。が、すでに、ケイロニア王グインは十中九までで、マルガ政府に味方し、レムス・パロを掃討することを決定するであろう。われがキタイに戻れば、残されるレムスには、いたって弱体のパロ軍しかおらぬ。……《竜の門》も、われとともにキタイに引き上げる。また、代理の者は残してゆくにせよ、わが魔道の成果は、われがキタイにおもむけば大幅に減じられるであろう。……レムスには多少のことは仕込んだとはいえ、まだとてものことに、われの代理をつとめるような魔道の力は持ち得ておらぬ。といって、レムスには、武将として、おのが国家を守り通す力もそなわってはおらぬ」

「………」

「どうだ、イシュトヴァーン──われの頼みはこうだ。レムスと組み、レムスのパロの同盟者として、レムスを守ってやってはくれぬか。……それはただちにケイロニアとの激突を意味するとは思わぬ。それは避けようと思えばおそらく避けられる──が、もしまた、そうなったところで、ぬしのうしろには大キタイがついている──われがこのようにして直接やってくることはこののちなかなか出来ずとも、キタイから軍隊や魔道師、またさまざまな物資を派遣することは出来るぞ──そのためには、モンゴール、そしてクムをおさえて、ユラニアへのキタイよりの通商路、交流の道を確保しておくことが条件になるが。……だがそれはユラニアにとっても願ってもない繁栄への道である筈」

「…………」

イシュトヴァーンは口がきけぬ。あまりにも思いがけぬ展開に、何をどう考えていいかわからぬ、というようすだ。

「イシュトヴァーンッ」

かすれ声の、悲鳴に近い声がきこえた。怪物からなおも上のほうへむかって逃げようと必死にこころみながら、すっかりさかさまになってしまったユリウスがほとばしらせた声だった。

「き、きいちゃ駄目だよ！　そんなことば……だまそうとしてるんだよ。そいつこそ、すべての悪の根源なんだからね！　そいつが、いろいろな悪いことをみんな中原に持ってきてるんだよ！　だまされるな、きいちゃ駄目だ！　おいらとお師匠様はこう見えたって中原の生まれ育ち、そいつはただ中原をすべてわがものにしようと……ギャーッ！」

やにわに、そちらを見もしないで、ヤンダル・ゾッグは、手をのばし、指先から衝撃波と火線とを同時にほとばしらせた。

ユリウスは一瞬にして青白い魔道の炎につつまれた。が、そのまま、逆に衝撃波が幸いして、髪の毛はなかばちぎれながらも地面にころがりおちた。ただちに怪物ウパールンギがえものを追って這い降りてくる。ユリウスはころげまわって炎をかろうじてもみけすなり、絶叫をほとばしらせながら——手ひどくいためつけられて、もう、空中に舞い上がる力がないと見える。必死に、走って逃げようとしはじめた。そのうしろを、クロウラーがのたのたと追いかけてゆく。ユリウスは必死に崖に這い上がり、悲鳴をほとばしらせながら逃げていった。そのうしろからクロウラーが続いてゆく。やがて、崖の上のほうから激しいただごとならぬ悲鳴がひびいてきたが、ユリウスがどうなったのかはもう、イシュトヴァーンにはわからなかったし、興味もなかった。

「きゃつらには何ひとつわかってはおらぬ」

瞑想的にレムスのすがたをした竜王がいった。

「また、わかろうともせぬ。……マルガのものたちも同じだ。かれらはいたずらにわれを外宇宙からの侵略者、よそもの、それゆえ悪と決めつけ、われらもまた生きねばならぬということを決して受け入れようとはせぬ。かれらはわれらを決して許さぬだろうし、そうである以上、われもまた、かれらとはとことん決着をつけるよりほかに、われらが生きのびる道はない。……だがぬしはそうではないはずだ——」

「……………」

「われはどうせ、一年とはたたぬうちに、内乱をたいらげ、あらためて戻ってくる——いや、その前に、アモン、わが血をひくパロの王子アモンが一年にしてみごとに成人し、わが任務をひきつぐはずだ。われは、ただその一年の猶予がほしい——二年ならばなお完璧というものだ。だが、その二年を、ケイロニアの参戦あって、レムスに守りきれるかどうか——それまでは、われがここにいて、なんとかアモンが育ちきるまでを力を貸し与えている予定だったが、その予定は、かのグインめのよけいなちょっかいのためについえた。もとをただせばあのリー・リン・レンの小僧をいまのような存在にのしあげてしまったのもグインのしわざ——思えばさいごには、あやつと決着をつけるよりほかはないが——だが、いまは……」

「……」

「われには、もはや時間がない。どうだ、イシュトヴァーン——そなたに、キタイ兵、十万と——そしてキタイの物資は無制限に必要なだけ、そしてキタイのすぐれた武器と、そして魔道師たちとを貸してやろう。それだけあれば、そなたほどのすぐれた武将であってみれば、そなたのほうがこの中原全土を征服することも可能だぞ」

「な、何……」

イシュトヴァーンは、ただひたすら、肩で息をしているばかりだった。目のまえのレムスのすがたのこの妖怪から、あまりにも圧倒的な瘴気と暗いパワーとがおしよせてくる——いつのまにか、彼は、立っていることができずに、へたりこんでしまっていた。

ただ対峙しているだけでもひたひたとおそるべき暗い力が彼にむかって発せられてくる。

それにとりこまれずに、なんとか正気を保っていようとするだけでも、イシュトヴァーンのように、魔道と戦う訓練などまったく受けたこともないものにとっては、たいへんなエネルギーを必要とすることだったのだ。

「どうだな、イシュトヴァーン？」

やんわりと、ヤンダル・ゾッグがささやいた。イシュトヴァーンの脳のなかに、ひたひたと、ヤンダルの心話がおしよせ、その中を一杯にする。異様な感覚に、イシュトヴァーンは、目を恐怖に見開き、全身を硬直させて見上げているばかりだった。

「そなたはすぐれた若者だ」

猫なで声でヤンダルがささやいた。

「そなたならば――わが王太子アモンのうしろだてとして、この上もなき盟友となってくれる筈――むろん、レムスは、われの申し出はことごとく伝えておく――レムスにはさからえぬ。なに、時がたち、アモンが成人して、みごとキタイの血をひくパロの新王朝を発足させることとなったあかつきには、レムスなど、もはやいかなる用もない。そのときには、そなたがその手であっさりと屠ってくれるだろう。その意味でも、裏切りと血ぬられることになれたそなたの手があることは、われにとりてはこの上もなきさいわい」

「ウ……ウ……」

「われは、そなたをずいぶんとかっておるのだよ、ゴーラ王イシュトヴァーン」

忍び込むようなあやしい魔道のささやきであった。

「悪魔と契約し、魂を奪われる――無教育なそなたであってみれば、そのように、昔の吟遊詩人がうたったあまたの愚かしい言い伝え、伝説、サーガを思い出して怯え、このような甘言、巧言にのるといずれは魂を根こそぎ奪われ、さいごの再生の機会さえも奪いつくされて永劫の暗闇の底に沈むことになるのだ、と――そういう愚かしき怯えを感じるだろうことはようわかる。だが、それは中原の愚かな伝説、口承にすぎぬ。……しかしわれわれは、キタイの栄光ある竜王だ。竜の一族をひきいて、星々の海の彼方からやって来、中原に新時代をきずく、栄光ある星の民の末裔《すえ》だ。……わかるか、イシュトヴァーン。この惑星《ほし》は、いずれはまったく新しい時代を迎えることになる。そうなくてはならぬ――ここにはいろいろな要素があり、いろいろな文明の痕跡や混沌が残されており、そしてそれがさまざまな矛盾や波乱をよんできた。われら、ウルクの竜の民は、キタイに発し、この惑星をあらたなよりいっそう繁栄するものに変えてゆく、それがわれらの使命とこころえている。――旧態依然の中原、群雄割拠、狭苦しい土地をとりあって小さな王国どもがむらがりひしめいているこんなおろかなふるめかしい土地など、われらの力をもってすれば、一瞬にしてすべて制圧できる――そのあかつきに、そうして新時代の強大な勢力に制圧されるおろかしき無力な旧勢力の一端であるのと、その輝かしい新勢力の誇りあるひとりとして、はえある勝利をわかちあうのと、そなたは、いったい、どちらを選ぶのが賢いと思うな？　ええ。イシュトヴァーン？」

「お——俺——俺は……俺……」

「動揺しているのか」

　ゆらり——

　と、《レムス》が動いた。

「ヒッ」

　イシュトヴァーンは、身をすくませた。もう、いったいユリウスはどうなってしまったのか、騎馬の民とゴーラ軍のたたかいはどうなったのか、それともここはまったく異なる次元にいつのまにか、ヤンダルがイシュトヴァーンを連れ込んだどこかの見知らぬ谷間でもあるのか。あたりはしんとしておそろしいほどにしずまりかえり、もう、楽しく鳴き交わす小鳥もいない。谷川に魚の銀鱗もはねぬ。世界じゅうがしんしんとしずまりかえって、じっとイシュトヴァーンとヤンダル・ゾッグとのやりとりだけを凝視しているような、世界じゅうが目と耳だけになってきき耳をたて、ひとこともききもらすまい、何ひとつ見逃すまいとしているかのような、そんな奇妙な感覚が、まるでなにものかに金縛りにあっているように動けぬイシュトヴァーンをとらえている。

　ヤンダルがゆるゆると空中をすべるように近づいてくる。イシュトヴァーンは、わずかに動くこともできなかった。まばたきさえもできぬ——そんな術をかけられたわけではない、ただ、恐怖と、あまりにも格の違う相手のパワーに圧倒されて、どうすることもできないのだ。まさしくそれこそ、蛇ににらまれたカエル《ランダド》とでもしかいうしかない。

（あ……あ……ああ……）

絶望――とか、恐怖、とか、そういうことばでは、かたりつくせぬ、コズミックな恐怖、永劫の畏怖――とでもいうようなものが存在することを、野性児ははじめて思い知らされたのだった。それに、ほんのちょっとでも対抗することのできる生身の人間がいようとは、まったく思えなかった。近づいてくるのをただ目を恐怖に見開いて見つめているだけ――何をされようとも、まったくあらがうこともできない。そもそものあやしい真紅の空洞の目にとらえられたときから、あらがうことなど、思いつきもしないように、脳がしびれきってしまっているのだ。

（ああ……っ……）

「イシュトヴァーン……」

ヤンダル・ゾッグは、ゆるゆると空中をすべり、イシュトヴァーンに近づいた。

それから、ゆっくりと、降りてきて、へたりこんでいるイシュトヴァーンの真ん前に、身をかがめた。

「ヒッ」

かすかな、悲鳴にもならぬ悲鳴をもらすイシュトヴァーンの顔にむかって、ヤンダルの手――それそのものは痩せて骨張ったレムスの手にほかならなかったが――がゆっくりとさしのべられる。イシュトヴァーンが恐怖のあまり失神しそうになったとき、その手が、ふわりとイシュトヴァーンの頬をはさみこんだ。

「怖がることはない。……おそれることもない。われはつねに、同盟者には誠実にして、そして優しい」

含み笑いをしのばせて、ヤンダルがささやいた。

「まして、そなたは、わが大事な王太子アモンの守護者として立ってくれよう身の上――案ずるな。何ひとつ案ずることはないぞ……そなたはわれと結びさえすれば、何でも、おのれの望んだものは何でも手にはいるだろう。レムスもこれでなかなか役に立つ――以前よりははるかにな。それに、キタイに最終的に去るにあたって、われももう少し、レムスに役にたつ呪文だの、魔道の術だのを仕込んでいってやることにしよう。いままでもそれなりに、多少の魔道師めいたことはするが、まだまだ、見よう見まねでしかないからな。……だが、ものの半年もすれば、アモンがおのれの力を制御できるようになる。……ずいぶんとおそるべき勢いで育ってはいようが、あれはまだまだ、いろいろな機能が完成しておらぬ。その上に、あまりにも急いでわれが、早く育ち上がるようにと促成したので、いろいろなことがきわめて不安定だ。それが何よりも心配でならぬ――何か間違えばあの怪物は、クリスタル宮廷を真の恐怖のどん底にたたきこんでしまうだろう。

……そうなれば、逆にケイロニアのうしろだてを得た神聖パロにまたとない口実をあたえることとなろう。……思えばあれやこれやと、心配がつきぬ。だが、われはゆかねばならぬ」

「あ……ああ……」

ヤンダルはずっと、その両手にイシュトヴァーンの頬をはさみこんだまま、呪術にかけるかのように真紅の双眸でまぢかくイシュトヴァーンをのぞきこんでささやきつづけている。

そのひとことひとことが、イシュトヴァーンの脳のひだにしみこみ、そしてうがち、かたちをかえてゆくような、そんなあやしい錯覚がイシュトヴァーンをとらえ――

その、底に、確実に《反抗心》としか呼べないような、激烈な――（いやだ！　いやだ、触るな……俺に触るな！　俺は自由だ、自由になるんだ！）という狂おしい絶叫がひそんでいたが――

それは、だが、イシュトヴァーンの、恐怖に封じられたくちびるをついてほとばしる力をもたずに、イシュトヴァーンのしびれたからだのなかにうずいていた。

（俺は……俺は……っ……）

「時がうつる」

ゆっくりと、ヤンダルがささやき、そして、かすかに舌を出して、かわいたくちびるを舐めた。奇妙なことだったが、そうすると、ヤンダルは多少、古代生物ユリウスを連想させた。

だが、もう、イシュトヴァーンは、たてつづく過度の緊張にたえかね、意識がなかばうすれかけていた——あるいは、その、ちかぢかとのぞきこんでいるヤンダル・ゾッグの真紅の目のなかに、何かそういう、脳をしびれさせ、正気を失わせる魔道の光線のようなものがひそんでいたのかもしれぬ。

（おかしい……気が——気が遠くなる。どうしたんだろう、俺は……）

（ああ……気を失ってしまいそうだ。こんな、こんなところで気を失ったりしたら、それこそ……奴の思うままにされてしまう……）

（ああ、駄目だ……何も考えられなくなる……どうしたんだ、俺は……どうし……）

イシュトヴァーンは、茫然と、うつろな顔でヤンダル・ゾッグを見上げていた。

ふいに、そのからだが、まるで、まかれていたねじがきれたぜんまい仕掛けの大きな人形のように、くたくたと、岸辺に崩れ落ちた。

ヤンダル・ゾッグは、なにごともなかったかのようにそれを見下ろして立っていた。黒いその不吉なすがたの足もとに、イシュトヴァーンは、黒髪を乱し、壊れた人形のようによこたわっていた。その目はとざされ、その若々しい顔は、頬に残された死闘のなまなましい傷もそのままに、ぐったりと意識を失って青ざめていた。

「それでいい」

ヤンダル・ゾッグは、かすかに、アルカイックな——くちびるの両端をつりあげる、あのぶきみな半月形の笑みに顔をゆがめながらつぶやいた。

そして、何かのしぐさをした——指がかるく何かの呪文を描くようにみえたとき、意識を失ったままのイシュトヴァーンのからだは、空中にふわりと、目にみえぬ使い魔にでもかかえあげられたかのように浮かび上がった。

「何も案ずることはない。お前には何もせぬ——ただ、お前自身が、われにひかれて堕ちるだけだ……われが術をかけるまでもない。……ヴァラキアのイシュトヴァーン、おのが中に黒き闇の種子を飼う者よ……闇に選ばれし者よ……」

ヤンダル・ゾッグのつぶやきも、むろん、もはやイシュトヴァーンの耳には届かなかった。

息さえもとめて見守っていたかのように思われる世界が、ふっと一気にためていた息を吐き出したかのように、さわさわと風が梢を吹きはじめ——

谷川のせせらぎが耳をついた。かきけされていた音が一気に世界に戻って来、こおりついていた時さえもがふたたび動きを開始したように思われた。

次の刹那。

ふっと、ヤンダルのすがたはイシュトヴァーンもろとも、かき消えていた。一瞬かすかな黒いもやもやが残り、それもたちまち風に散らされた。

あとには、ただ、何ひとつおこらなかったかのような、永劫のしずけさを漂わす川のせせらぎ。

あとがき

お待たせいたしました。「グイン・サーガ」第八十三巻「嵐の獅子たち」をお届けします。

このところすっかり二ヶ月に一冊のハイペースが定着し、私はそれほど苦にはならないのですが（爆）また読者の皆様は「一ヶ月に一冊でもいい」と嬉しいことをおっしゃってくださいますが（嬉しいけどそれはさすがにしんどいですね（爆）大変なのは絵描きさんで、末弥さんにはものすごい負担をおかけしてしまってると思います。申し訳ないことではありますが、しかし、いまのこの出版界構造不況、どこにいっても景気が悪い、本が売れないという話しかきこえてこない御時世に、ずっとこうして読んでいただいている、愛していただいているというのが、旦那に云わせれば「出版というかたちがはじまって以来、小説というジャンルが出来て以来空前絶後の出来事なんだから、前例がなさすぎるからその本当の意味がなかなか人にはわからない」のだろうということになります。まあ自分でそういっていてはただのアホになりかねませんが、でも確かに空前は絶後なんでしょうね（笑）ことに、八十巻越えてからだんだんその感が強いです。確かにただ純粋に分量という点から考えただけでも、これまでに存在したことのない物語であるんですね。いまになって、自分の気持ちがすっかり落ち着いてきたからか、今年の前半とかは、どうしてあんなにほかの人のいうことにふりまわされたりこだわったりしていたんだろう、どうしてあんなに、いちいち過剰反応していたんだろうと実に不思議な気分がします。それはもう、そのときどきのなりゆきとかノリとか流れとか、あるいはまた調子ってものもあるし、もともとがそういう調子とかにことのほか影響されやすい人でもありますから、いまになって落ち着いたから考えられることを、あのときにどうして気づかなかったんだといったところでしょうはないのですが、そうですねえ。考えてみたら、何をいわれたところで、どのように批判や非難をされたところで、こんなことをこれまでにここまでだけでもした人なんて、ただの一人もいたためしがなかったんですね。ペリー・ローダンは複数なんだし、もういまではごくコアな愛読者の世界になっているようだし、とにかくまったく世界的にも類例のないことを一人の日本人作家がやっている、ということについて、どうしてもっと自分に自信を持って、何もわけもわからず云いたいことをいっている人たちのいうことにあんなに正面きって真面目に相手してしまったんだろうなあ、私が死んだあとに、グインという事実というか蓄積が残って、それを見たとき、すべての人類にははじめて、それがどういうありうべからざることだったのかわかる、そういう事柄だったのになあと思うんですねえ。

　もしかしたらこれって、富士山に登ってる途中には自分がどんな高いところまできてしまっているのかわからないような、そんなことなのかもしれません。いまになってつくづくと強く思うのは、「まず栗本、お前が大事なグイン・サーガを一番信じていなくちゃしょうがないじゃないか」ということですねえ。結局、私の「グイン・サーガ」の信じ方が足りなかったっていうだけなんじゃないかって。この空前絶後の旅の途中で何をいわれようと、途中で何をどう勘違いしたり批判したりする人がいようと、そんなもの、すべては「グイン・サーガ」自身がいずれ答えを出す問題であって、私が足をとめて答えるようなことじゃなかったんだなあと。「源氏物語」を書いてる最中の紫式部に「最近の展開は気にくわない」と文句をつけるやつってのはいたんでしょうかねえ。いま、「源氏物語」に対してそういうアヤをつける人ってのはまずいないでしょう。それはもう、確定した人類の文化遺産なのですから。自分がしてるのは、ありきたりの連載小説のただばか長いやつを書いてるなんていうんではなくて、人類の文化遺産を建設してるようなことなんだっていう自覚を私がもっと持っていれば何の問題もないことだったんだなあと思います——が、これも結局、あの時期を経て思うようになったことなので、その意味では、私がそういうところにいたるためにこそ、そういう時期もそういう落ち込んだりうんざりしたり怒ったりということも必要だったのかもしれないし。

などと妙にまとめに入ってますが、まあちょうどきのう二〇〇一年のラストライブをやって、なんともう五十回にはなるんじゃないかというほどのライブづけだった二〇〇一年の仕事おさめをしたせいもあるんでしょうね（笑）この本がお手元にとどくときにはもう、二〇〇二年になってかなりたってるわけなんですが、この一年はなんだかその意味でも私にはおそろしく成長できた年で、おかしいですね、四十八になって「すごい成長できた」なんて実感するというのは。でも、ピアノも、もうほんの二ヶ月前のライブのMD聞いても「うああっヘックソ、こんなにヘタだったのか」と思うし——なんか人格的にもなんもかんも、「なんでこんな簡単なことがわからなかったんだろう」とか、「なんでこんなことに気づかなかったんだろう」とか、「なんでこんなに弱かったんだろう」って思うですねえ。その意味では、まあ毎年なんらかのかたちで成長ってのはむろんするんでしょうけど、今年ってのはほんとに段階ついて成長した年だったという気がします。ピアノが成長したのは疑う余地もなくこの暴虐な回数のライブをこなしきったせいですが、まあ、人格といいますか人生のほうも、いいかげん毎年毎年いろんな波乱があったり阿呆なことをやったり、しょうもないことをしたりしながら、それでもまだあとからあとからそういうことはやってくるし、それで、またまとまってそういう波がきて、それで気づいたら成長してた、っていうこともあるものなんですねえ。二〇〇一年の大きな出来事としては私は、とにかくライブをこの回数こなしたってののほかに「朝日のあたる家」が十七年ごしについに完結した、ってのがありまして、これも結局は、私が成長したから、今西良が成長して、それで完結できたんですね。

なんか、朝日とグインになんの関係があるんだっていわれそうなんだけど、ものすごく、朝日が完結して「ああ、グインもいずれ本当に完結するんだな」っていうはっきりとした見通しというか、実感が持てた気がします。朝日のほうはたかが五巻なんだから、それと百何巻を比べてもって思われるかもしれませんが、ふしぎなことに、そのなかにこめられた物語の総量というか、重さみたいなものは、あまり変化はないんですね。というより最近になってなんだか、「キャバレー」「真夜中の天使」「死はやさしく奪う」「黄昏のローレライ」「翼あるもの」そして「朝日のあたる家」――とか、それに場合によっては「レクイエム・イン・ブルー」とか「ゾディアック」とかも含めて、これって「グイン・サーガ」に匹敵する、現代を舞台にした栗本薫の「人間喜劇」(バルザックのですよ)というか、なんか名前欲しいな、これって「栗本サーガ」というか、「グイン・サーガ」がグインのあの世界のなかで生きてゆくグインほかの老若男女さまざまの人々の運命の大ドラマだとすると、これはもしかして現代日本に生きているたくさんの人々の同じような運命のドラマなんじゃないかという気がしてきてね。うん、そうだなあ。「トウキョウ・サーガ」とでもいったらいいのでしょうか。グインの世界の人々がすごく、いま身近にというか、虚構の人間じゃない、本当にいる人たちの消息としか思えないというようなことを前にいったことがありますが、時代と場所と世界が違うだけで、森田透や矢代俊一や、これらのトウキョウ・サーガに出てくる人々は、同じようにリアルで身近に本当に存在していると思える気がします。そしていま、非常にそれらの人々が、たくさんの人がいてそれがそれぞれの運命を懸命にたどっているってことがいとおしくてたまらないのですね。中には道をあやまるやつもいるし、立ち直るやつもいるし、死んでゆく者もいるし、生まれてくるいのちもあるし——という、本当の私たちのたまたま存在しているこの世界とまったく同じように運命があるっていうことが。なんかこれってもしかしてものすごく重大な本質的なことにふれているのかもしれないなあ、と思ったりします。

まあでもだから、そういうことを感じるようになったのも結局今年一年で多少なりとも成長したからなんだろうと思います。これからも、六十になろうと七十になろうと、死んで私の時間が終わるまでは「今年一年でこれだけ成長した」と言い続けていたいですね。ううむ、なんかまとまってしまったなあ（爆）いまよいお年をといってももう皆様がごらんになるころは二月ですから困っちゃうんですが……ともあれ、二〇〇二年が世界にとって、多少は平和と好景気が戻ってくるきざしのある年になりますように。

恒例の読者プレゼントは、石田貴子様、鈴木章子様、堀江ゆり子様です。

二〇〇一年十二月二十七日（木）

神楽坂倶楽部 URL
http://homepage2.nifty.com/kaguraclub/

天狼星通信オンライン URL
http://member.nifty.ne.jp/tenro_tomokai/

天狼叢書の通販などを含む天狼プロダクションの最新情報は、
天狼通信オンラインでご案内しています。
これらの情報を郵送でご希望のかたは、長型4号封筒に返送先をご記入のうえ80円切手を貼った返信用封筒を同封して、お問い合わせください。（受付締切等はございません）

〒162-0805 東京都新宿区矢来町109　神楽坂ローズビル3F
（株）天狼プロダクション情報案内グイン・サーガ83係

栗本薫の作品

心中天浦島《しんじゅうてんのうらしま》

テオは17歳、アリスは5歳。異様な状況がもたらす悲恋の物語を描いた表題作他六篇収録

セイレーン

歌と美貌で人々を狂気に駆りたてる歌手。未来へと続く魔女伝説を描く表題作他一篇収録

滅びの風

平和で幸福な生活。そこにいつのまにか忍びよる「静かな滅び」を描く表題作他四篇収録

さらしなにっき

他愛ない想い出話だったはずが……少年時代の記憶に潜む恐怖を描いた表題作他七篇収録

栗本薫の作品

ゲルニカ1984年
「戦争はもうはじまっている！」おそるべき感性で、隠された恐怖を描き出した問題長篇

レダ〔Ⅰ〕
ファー・イースト30。すべての人間が尊重される理想社会で、少年イヴはレダに出会った

レダ〔Ⅱ〕
完全であるはずの理想社会のシティ・システムだが、少しずつその矛盾を露呈しはじめる

レダ〔Ⅲ〕
イヴは自己に目覚め、歩きはじめる。少年の成長と人類のあり方を描いた未来SF問題作

ハヤカワ文庫

谷　甲州／航空宇宙軍史

惑星CB-8越冬隊

惑星CB-8を救うべく、越冬隊は厳寒の大氷原を行く困難な旅に出る――本格冒険SF

仮装巡洋艦バシリスク

強大な戦力を誇る航空宇宙軍と外惑星反乱軍との熾烈な戦いを描く、人類の壮大な宇宙史

星の墓標

戦闘艦の制御装置に使われた人間やシャチの脳。彼らの怒りは、戦後四十年の今も……。

カリスト―開戦前夜―

二一世紀末、外惑星諸国は軍事同盟を締結した。今こそ独立を賭して地球と戦うべきか？

火星鉄道一九《マーシャン・レイルロード》

二一世紀末、外惑星連合はついに地球に宣戦布告した。星雲賞受賞の表題作他全七篇収録

神林長平作品

完璧な涙

感情のない少年と非情なる殺戮機械との時空を超えた戦い。その果てに待ち受けるのは？

今宵、銀河を杯にして

飲み助コンビが展開する抱腹絶倒の戦闘回避作戦を描く、ユニークきわまりない戦争ＳＦ

猶予の月 上下

時間のない世界を舞台に言葉・機械・人間を極限まで追究した、神林ＳＦの集大成的巨篇

Ｕの世界

夢から覚めてもまた夢、現実はどこにある？果てしない悪夢の迷宮をたどる連作短篇集。

死して咲く花、実のある夢

人類存亡の鍵を握る猫を追って兵士たちは死後の世界へ。高度な死生観を展開する意欲作

ハヤカワ文庫

著者略歴　早稲田大学文学部卒
作家　著書『さらしなにっき』
『あなたとワルツを踊りたい』
『魔界の刻印』『アウラの選択』
（以上早川書房刊）他多数

HM = Hayakawa Mystery
SF = Science Fiction
JA = Japanese Author
NV = Novel
NF = Nonfiction
FT = Fantasy

グイン・サーガ㉝

嵐《あらし》の獅子《しし》たち

〈JA689〉

二〇〇二年二月　十　日　印刷
二〇〇二年二月十五日　発行

（定価はカバーに表示してあります）

著者　栗《くり》本《もと》　薫《かおる》
発行者　早川　浩
印刷者　大柴正明
発行所　株式会社　早川書房
郵便番号　一〇一 - 〇〇四六
東京都千代田区神田多町二ノ二
電話　〇三-三二五二-三一一一（大代表）
振替　〇〇一六〇-三-四七七九九
http://www.hayakawa-online.co.jp

乱丁・落丁本は小社制作部宛お送り下さい。
送料小社負担にてお取りかえいたします。

印刷・株式会社亨有堂印刷所　製本・大口製本印刷株式会社

ISBN4-15-030689-3 C0193